HÉSIODE ÉDITIONS

BALZAC

Le Bal de Sceaux

Hésiode éditions

© Hésiode éditions.

1 rue Honoré - 93500 Pantin.
ISBN 978-2-38512-018-4
Dépôt légal : Octobre 2022

Impression Books on Demand GmbH

In de Tarpen 42
22848 Norderstedt, Allemagne

Le Bal de Sceaux

Le comte de Fontaine, chef de l'une des plus anciennes familles du Poitou, avait servi la cause des Bourbons avec intelligence et courage pendant la guerre que les Vendéens firent à la république. Après avoir échappé à tous les dangers qui menacèrent les chefs royalistes durant cette orageuse époque de l'histoire contemporaine, il disait gaiement : – Je suis un de ceux qui se sont fait tuer sur les marches du trône ! Cette plaisanterie n'était pas sans quelque vérité pour un homme laissé parmi les morts à la sanglante journée des Quatre-Chemins. Quoique ruiné par des confiscations, ce fidèle Vendéen refusa constamment les places lucratives que lui fit offrir l'empereur Napoléon. Invariable dans sa religion aristocratique, il en avait aveuglément suivi les maximes quand il jugea convenable de se choisir une compagne. Malgré les séductions d'un riche parvenu révolutionnaire qui mettait cette alliance à haut prix, il épousa une demoiselle de Kergarouët sans fortune, mais dont la famille est une des plus vieilles de la Bretagne.

La Restauration surprit monsieur de Fontaine chargé d'une nombreuse famille. Quoiqu'il n'entrât pas dans les idées du généreux gentilhomme de solliciter des grâces, il céda néanmoins aux désirs de sa femme, quitta son domaine, dont le revenu modique suffisait à peine aux besoins de ses enfants, et vint à Paris. Contristé de l'avidité avec laquelle ses anciens camarades faisaient curée des places et des dignités constitutionnelles, il allait retourner à sa terre, lorsqu'il reçut une lettre ministérielle, par laquelle une Excellence assez connue lui annonçait sa nomination au grade de maréchal-de-camp, en vertu de l'ordonnance qui permettait aux officiers des armées catholiques de compter les vingt premières années inédites du règne de Louis XVIII comme années de service. Quelques jours après, le Vendéen reçut encore, sans aucune sollicitation et d'office, la croix de l'ordre de la Légion-d'Honneur et celle de Saint-Louis. Ébranlé dans sa résolution par ces grâces successives qu'il crut devoir au souvenir du monarque, il ne se contenta plus de mener sa famille, comme il l'avait pieusement fait chaque dimanche, crier Vive le Roi dans la salle des Maréchaux aux Tuileries quand les princes se rendaient à la chapelle, il sollicita la faveur d'une entrevue particulière. Cette audience, très-promptement accordée, n'eut rien de particulier. Le salon royal était plein de vieux serviteurs dont les têtes poudrées, vues d'une certaine hauteur, ressemblaient à un tapis de neige. Là, le gentilhomme retrouva d'anciens compagnons qui le reçurent d'un air un peu froid ; mais les princes lui parurent adorables, expression d'enthousiasme qui lui échappa, quand le plus gracieux de ses maîtres, de qui le comte ne se croyait connu que de nom, vint lui serrer la main et le proclama le plus pur des Vendéens. Malgré cette ovation, aucune de ces augustes personnes n'eut l'idée de lui demander le compte de ses pertes, ni celui de l'argent si généreusement versé dans les caisses de l'armée catholique. Il s'aperçut, un peu tard, qu'il avait fait la guerre à ses dépens. Vers la fin de la soirée, il crut pouvoir hasarder une spirituelle allusion à l'état de ses affaires, semblable à celui de bien des gentilshommes. Sa Majesté se prit à rire d'assez bon cœur, toute parole marquée au coin de l'esprit avait le don de lui plaire ; mais elle répliqua néanmoins par une de ces royales plaisanteries dont la douceur est plus à craindre que la colère d'une réprimande. Un des plus intimes confidents du roi ne tarda pas à s'approcher du Vendéen calculateur, auquel il fit entendre, par une phrase fine et polie, que le moment n'était pas encore venu de compter avec les maîtres : il se trouvait sur le tapis des mémoires beaucoup plus arriérés que le sien, et qui devaient sans doute servir à l'histoire de la Révolution. Le comte sortit prudemment du groupe vénérable qui décrivait un respectueux demi-cercle devant l'auguste famille. Puis, après avoir, non sans peine, dégagé son épée parmi les jambes grêles où elle s'était engagée, il regagna pédestrement à travers la cour des Tuileries le fiacre qu'il avait laissé sur le quai. Avec cet esprit rétif qui distingue la noblesse de vieille roche chez laquelle le souvenir de la Ligue et des Barricades n'est pas encore éteint, il se plaignit dans son fiacre, à haute voix et de manière à se compromettre, sur le changement survenu à la cour. – Autrefois, se disait-il, chacun parlait librement au roi de ses petites affaires, les seigneurs pouvaient à leur aise lui demander des grâces et de l'argent, et aujourd'hui l'on n'obtiendra pas, sans scandale, le remboursement des sommes avancées pour son service ? Morbleu ! la croix de Saint-Louis et le grade de maréchal-de-camp ne valent pas trois cent mille livres que j'ai, bel et bien, dépensées pour la cause royale. Je veux reparler au roi, en face, et dans son cabinet.

Cette scène refroidit d'autant plus le zèle de monsieur de Fontaine, que ses demandes d'audience restèrent constamment sans réponse. Il vit d'ailleurs les intrus de l'empire arrivant à quelques-unes des charges réservées sous l'ancienne monarchie aux meilleures maisons.

– Tout est perdu, dit-il un matin. Décidément, le roi n'a jamais été qu'un révolutionnaire. Sans Monsieur, qui ne déroge pas et console ses fidèles serviteurs, je ne sais en quelles mains irait un jour la couronne de France, si ce régime continuait. Leur maudit système constitutionnel est le plus mauvais de tous les gouvernements, et ne pourra jamais convenir à la France. Louis XVIII et M. Beugnot nous ont tout gâté à Saint-Ouen.

Le comte désespéré se préparait à retourner à sa terre, en abandonnant avec noblesse ses prétentions à toute indemnité. En ce moment, les événements du Vingt Mars annoncèrent une nouvelle tempête qui menaçait d'engloutir le roi légitime et ses défenseurs. Semblable à ces gens généreux qui ne renvoient pas un serviteur par un temps de pluie, monsieur de Fontaine emprunta sur sa terre pour suivre la monarchie en déroute, sans savoir si cette complicité d'émigration lui serait plus propice que ne l'avait été son dévouement passé ; mais après avoir observé que les compagnons de l'exil étaient plus en faveur que les braves qui, jadis, avaient protesté, les armes à la main, contre l'établissement de la république, peut-être espéra-t-il trouver dans ce voyage à l'étranger plus de profit que dans un service actif et périlleux à l'intérieur. Ses calculs de courtisan ne furent pas une de ces vaines spéculations qui promettent sur le papier des résultats superbes, et ruinent par leur exécution. Il fut donc, selon le mot du plus spirituel et du plus habile de nos diplomates, un des cinq cents fidèles serviteurs qui partagèrent l'exil de la cour à Gand, et l'un des cinquante mille qui en revinrent.

Pendant cette courte absence de la royauté, monsieur de Fontaine eut le bonheur d'être employé par Louis XVIII, et rencontra plus d'une occasion de donner au roi les preuves d'une grande probité politique et d'un attachement sincère. Un soir que le monarque n'avait rien de mieux à faire, il se souvint du bon mot dit par monsieur de Fontaine aux Tuileries. Le vieux Vendéen ne laissa pas échapper un tel à-propos, et raconta son histoire assez spirituellement pour que ce roi, qui n'oubliait rien, pût se la rappeler en temps utile. L'auguste littérateur remarqua la tournure fine donnée à quelques notes dont la rédaction avait été confiée au discret gentilhomme. Ce petit mérite inscrivit monsieur de Fontaine, dans la mémoire du roi, parmi les plus loyaux serviteurs de sa couronne. Au second retour, le comte fut un de ces envoyés extraordinaires qui parcoururent les départements, avec la mission de juger souverainement les fauteurs de la rébellion ; mais il usa modérément de son terrible pouvoir. Aussitôt que cette juridiction temporaire eut cessé, le grand-prévôt s'assit dans un des fauteuils du Conseil-d'État, devint député, parla peu, écouta beaucoup, et changea considérablement d'opinion. Quelques circonstances, inconnues aux biographes, le firent entrer assez avant dans l'intimité du prince, pour qu'un jour le malicieux monarque l'interpellât ainsi en le voyant entrer :

– Mon ami Fontaine, je ne m'aviserais pas de vous nommer directeur-général ni ministre ! Ni vous ni moi, si nous étions employés, ne resterions en place, à cause de nos opinions. Le gouvernement représentatif a cela de bon qu'il nous ôte la peine que nous avions jadis, de renvoyer nous-mêmes nos secrétaires d'État. Notre conseil est une véritable hôtellerie, où l'opinion publique nous envoie souvent de singuliers voyageurs ; mais enfin nous saurons toujours où placer nos fidèles serviteurs.

Cette ouverture moqueuse fut suivie d'une ordonnance qui donnait à monsieur de Fontaine une administration dans le domaine extraordinaire de la Couronne. Par suite de l'intelligente attention avec laquelle il écoutait les sarcasmes de son royal ami, son nom se trouva sur les lèvres de Sa Majesté, toutes les fois qu'il fallut créer une commission dont les membres devaient être lucrativement appointés. Il eut le bon esprit de taire la faveur dont l'honorait le monarque et sut l'entretenir par une manière piquante de narrer, dans une de ces causeries familières auxquelles Louis XVIII se plaisait autant qu'aux billets agréablement écrits, les anecdotes politiques et, s'il est permis de se servir de cette expression, les cancans diplomatiques ou parlementaires qui abondaient alors. On sait que les détails de sa gouvernementabilité, mot adopté par l'auguste railleur, l'amusaient infiniment. Grâce au bon sens, à l'esprit et à l'adresse de monsieur le comte de Fontaine, chaque membre de sa nombreuse famille, quelque jeune qu'il fût, finit, ainsi qu'il le disait plaisamment à son maître, par se poser comme un ver-à-soie sur les feuilles du budget. Ainsi, par les bontés du roi, l'aîné de ses fils parvint à une place éminente dans la magistrature inamovible. Le second, simple capitaine avant la restauration, obtint une légion immédiatement après son retour de Gand ; puis, à la faveur des mouvements de 1815 pendant lesquels on méconnut les règlements, il passa dans la garde royale, repassa dans les gardes-du-corps, revint dans la ligne, et se trouva lieutenant-général avec un commandement dans la garde, après l'affaire du Trocadéro. Le dernier, nommé sous-préfet, devint bientôt maître des requêtes et directeur d'une administration municipale de la Ville de Paris, où il se trouvait à l'abri des tempêtes législatives. Ces grâces sans éclat, secrètes comme la faveur du comte, pleuvaient inaperçues. Quoique le père et les trois fils eussent chacun assez de sinécures pour jouir d'un revenu budgétaire presque aussi considérable que celui d'un directeur-général, leur fortune politique n'excita l'envie de personne. Dans ces temps de premier établissement du système constitutionnel, peu de personnes avaient des idées justes sur les régions paisibles du budget, où d'adroits favoris surent trouver l'équivalent des abbayes détruites. Monsieur le comte de Fontaine, qui naguère encore se vantait de n'avoir pas lu la Charte et se montrait si courroucé contre l'avidité des courtisans, ne tarda pas à prouver à son auguste maître qu'il comprenait aussi bien que lui l'esprit et les ressources du représentatif. Cependant, malgré la sécurité des carrières ouvertes à ses trois fils, malgré les avantages pécuniaires qui résultaient du cumul de quatre places, monsieur de Fontaine se trouvait à la tête d'une famille trop nombreuse pour pouvoir promptement et facilement rétablir sa fortune. Ses trois fils étaient riches d'avenir, de faveur et de talent ; mais il avait trois filles, et craignait de lasser la bonté du monarque. Il imagina de ne jamais lui parler que d'une seule de ces vierges pressées d'allumer leur flambeau. Le roi avait trop bon goût pour laisser son œuvre imparfaite. Le mariage de la première avec un receveur-général fut conclu par une de ces phrases royales qui ne coûtent rien et valent des millions. Un soir où le monarque était maussade, il sourit en apprenant l'existence d'une autre demoiselle de Fontaine qu'il fit épouser à un jeune magistrat d'extraction bourgeoise, il est vrai, mais riche, plein de talent, et qu'il créa baron. Lorsque, l'année suivante, le Vendéen parla de mademoiselle Émilie de Fontaine, le roi lui répondit, de sa petite voix aigrelette : – Amicus Plato, sed magis amica Natio. Puis, quelques jours après, il régala son ami Fontaine d'un quatrain assez innocent qu'il appelait une épigramme, et dans lequel il le plaisantait sur ses trois filles si habilement produites sous la forme d'une trinité. S'il faut en croire la chronique, le monarque avait été chercher son bon mot dans l'unité des trois personnes divines.

– Si le roi daignait changer son épigramme en épithalame ? dit le comte en essayant de faire tourner cette boutade à son profit.

– Si j'en vois la rime, je n'en vois pas la raison, répondit durement le roi qui ne goûta point cette plaisanterie faite sur sa poésie quelque douce qu'elle fût.

Dès ce jour, son commerce avec monsieur de Fontaine eut moins d'aménité. Les rois aiment plus qu'on ne le croit la contradiction. Comme presque tous les enfants venus les derniers, Émilie de Fontaine était un Benjamin gâté par tout le monde. Le refroidissement du monarque causa donc d'autant plus de peine au comte, que jamais mariage ne fut plus difficile à conclure que celui de cette fille chérie. Pour concevoir tous ces obstacles, il faut pénétrer dans l'enceinte du bel hôtel où l'administrateur était logé aux dépens de la Liste-Civile. Émilie avait passé son enfance à la terre de Fontaine en y jouissant de cette abondance qui suffit aux premiers plaisirs de la jeunesse. Ses moindres désirs y étaient des lois pour ses sœurs, pour ses frères, pour sa mère, et même pour son père. Tous ses parents raffolaient d'elle. Arrivée à l'âge de raison, précisément au moment où sa famille fut comblée des faveurs de la fortune, l'enchantement de sa vie continua. Le luxe de Paris lui sembla tout aussi naturel que la richesse en fleurs ou en fruits, et que cette opulence champêtre qui firent le bonheur de ses premières années. De même qu'elle n'avait éprouvé aucune contrariété dans son enfance quand elle voulait satisfaire de joyeux désirs, de même elle se vit encore obéie lorsqu'à l'âge de quatorze ans elle se lança dans le tourbillon du monde. Accoutumée ainsi par degrés aux jouissances de la fortune, les recherches de la toilette, l'élégance des salons dorés et des équipages lui devinrent aussi nécessaires que les compliments vrais ou faux de la flatterie, que les fêtes et les vanités de la cour. Tout lui souriait d'ailleurs : elle aperçut pour elle de la bienveillance dans tous les yeux. Comme la plupart des enfants gâtés, elle tyrannisa ceux qui l'aimaient, et réserva ses coquetteries aux indifférents. Ses défauts ne firent que grandir avec elle, et ses parents allaient bientôt recueillir les fruits amers de cette éducation funeste. Arrivée à l'âge de dix-neuf ans, Émilie de Fontaine n'avait pas encore voulu faire de choix parmi les nombreux jeunes gens que la politique de monsieur de Fontaine assemblait dans ses fêtes. Quoique jeune encore, elle jouissait dans le monde de toute la liberté d'esprit que peut y avoir une femme. Sa beauté était si remarquable que, pour elle, paraître dans un salon, c'était y régner. Semblable aux rois, elle n'avait pas d'amis, et se voyait partout l'objet d'une complaisance à laquelle un naturel meilleur que le sien n'eût peut-être pas résisté. Aucun homme, fût-ce même un vieillard, n'avait la force de contredire les opinions d'une jeune fille dont un seul regard ranimait l'amour dans un cœur froid. Élevée avec des soins qui manquèrent à ses sœurs, elle peignait assez bien, parlait l'italien et l'anglais, jouait du piano d'une façon désespérante ; enfin sa voix, perfectionnée par les meilleurs maîtres, avait un timbre qui donnait à son chant d'irrésistibles séductions.

Spirituelle et nourrie de toutes les littératures, elle aurait pu faire croire que, comme dit Mascarille, les gens de qualité viennent au monde en sachant tout. Elle raisonnait facilement sur la peinture italienne ou flamande, sur le Moyen-âge ou la Renaissance ; jugeait à tort et à travers les livres anciens ou nouveaux, et faisait ressortir avec une cruelle grâce d'esprit les défauts d'un ouvrage. La plus simple de ses phrases était reçue par la foule idolâtre, comme par les Turcs un fetfa du Sultan. Elle éblouissait ainsi les gens superficiels ; quant aux gens profonds, son tact naturel l'aidait à les reconnaître ; et pour eux, elle déployait tant de coquetterie, qu'à la faveur de ses séductions, elle pouvait échapper à leur examen. Ce vernis séduisant couvrait un cœur insouciant, l'opinion commune à beaucoup de jeunes filles que personne n'habitait une sphère assez élevée pour pouvoir comprendre l'excellence de son âme, et un orgueil qui s'appuyait autant sur sa naissance que sur sa beauté. En l'absence du sentiment violent qui ravage tôt ou tard le cœur d'une femme, elle portait sa jeune ardeur dans un amour immodéré des distinctions, et témoignait le plus profond mépris pour les roturiers. Fort impertinente avec la nouvelle noblesse, elle faisait tous ses efforts pour que ses parents marchassent de pair au milieu des familles les plus illustres du faubourg Saint-Germain.

Ces sentiments n'avaient pas échappé à l'œil observateur de monsieur de Fontaine, qui plus d'une fois, lors du mariage de ses deux premières filles, eut à gémir des sarcasmes et des bons mots d'Émilie. Les gens logiques s'étonneront d'avoir vu le vieux Vendéen donnant sa première fille à un receveur-général qui possédait bien, à la vérité, quelques anciennes terres seigneuriales, mais dont le nom n'était pas précédé de cette particule à laquelle le trône dut tant de défenseurs, et la seconde à un magistrat trop récemment baronifié pour faire oublier que le père avait vendu des fagots. Ce notable changement dans les idées du noble, au moment où il atteignait sa soixantième année, époque à laquelle les hommes quittent rarement leurs croyances, n'était pas dû seulement à la déplorable habitation de la moderne Babylone où tous les gens de province finissent par perdre leurs rudesses ; la nouvelle conscience politique du comte de Fontaine était encore le résultat des conseils et de l'amitié du roi. Ce prince philosophe avait pris plaisir à convertir le Vendéen aux idées qu'exigeaient la marche du dix-neuvième siècle et la rénovation de la monarchie. Louis XVIII voulait fondre les partis, comme Napoléon avait fondu les choses et les hommes. Le roi légitime, peut-être aussi spirituel que son rival, agissait en sens contraire. Le dernier chef de la maison de Bourbon était aussi empressé à satisfaire le tiers-état et les gens de l'empire, en contenant le clergé, que le premier des Napoléon fut jaloux d'attirer auprès de lui les grands seigneurs ou de doter l'église. Confident des royales pensées, le Conseiller d'État était insensiblement devenu l'un des chefs les plus influents et les plus sages de ce parti modéré qui désirait vivement, au nom de l'intérêt national, la fusion des opinions. Il prêchait les coûteux principes du gouvernement constitutionnel et secondait de toute sa puissance les jeux de la bascule politique qui permettait à son maître de gouverner la France au milieu des agitations. Peut-être monsieur de Fontaine se flattait-il d'arriver à la pairie par un de ces coups de vent législatifs dont les effets si bizarres surprenaient alors les plus vieux politiques. Un de ses principes les plus fixes consistait à ne plus reconnaître en France d'autre noblesse que la pairie, dont les familles étaient les seules qui eussent des priviléges.

– Une noblesse sans priviléges, disait-il, est un manche sans outil.

Aussi éloigné du parti de Lafayette que du parti de La Bourdonnaye, il entreprenait avec ardeur la réconciliation générale d'où devaient sortir une ère nouvelle et de brillantes destinées pour la France. Il cherchait à convaincre les familles chez lesquelles il avait accès, du peu de chances favorables qu'offraient désormais la carrière militaire et l'administration. Il engageait les mères à lancer leurs enfants dans les professions indépendantes et industrielles, en leur donnant à entendre que les emplois militaires et les hautes fonctions du gouvernement finiraient par appartenir très-constitutionnellement aux cadets des familles nobles de la pairie. Selon lui, la nation avait conquis une part assez large dans l'administration par son assemblée élective, par les places de la magistrature et par celles de la finance qui, disait-il, seraient toujours comme autrefois l'apanage des notabilités du tiers-état. Les nouvelles idées du chef de la famille de Fontaine, et les sages alliances qui en résultèrent pour ses deux premières filles, avaient rencontré de fortes résistances au sein de son ménage. La comtesse de Fontaine resta fidèle aux vieilles croyances que ne devait pas renier une femme qui appartenait aux Rohan par sa mère. Quoiqu'elle se fût opposée pendant un moment au bonheur et à la fortune qui attendaient ses deux filles aînées, elle se rendit à ces considérations secrètes que les époux se confient le soir quand leurs têtes reposent sur le même oreiller. Monsieur de Fontaine démontra froidement à sa femme, par d'exacts calculs, que le séjour de Paris, l'obligation d'y représenter, la splendeur de sa maison qui les dédommageait des privations si courageusement partagées au fond de la Vendée, les dépenses faites pour leurs fils absorbaient la plus grande partie de leur revenu budgétaire. Il fallait donc saisir, comme une faveur céleste, l'occasion qui se présentait pour eux d'établir si richement leurs filles. Ne devaient-elles pas jouir un jour de soixante ou quatre-vingt mille livres de rente ? Des mariages si avantageux ne se rencontraient pas tous les jours pour des filles sans dot. Enfin, il était temps de penser à économiser pour augmenter la terre de Fontaine et reconstruire l'antique fortune territoriale de la famille. La comtesse céda, comme toutes les mères l'eussent fait à sa place, quoique de meilleure grâce peut-être, à des arguments si persuasifs. Mais elle déclara qu'au moins sa fille Émilie serait mariée de manière à satisfaire l'orgueil qu'elle avait contribué malheureusement à développer dans cette jeune âme.

Ainsi les événements qui auraient dû répandre la joie dans cette famille y introduisirent un léger levain de discorde. Le receveur-général et le jeune magistrat furent en butte aux froideurs d'un cérémonial que surent créer la comtesse et sa fille Émilie. Leur étiquette trouva bien plus amplement lieu d'exercer ses tyrannies domestiques : le lieutenant-général épousa la fille unique d'un banquier ; le président se maria sensément avec une demoiselle dont le père, deux ou trois fois millionnaire, avait fait le commerce des toiles peintes ; enfin le troisième frère se montra fidèle à ses doctrines roturières en prenant sa femme dans la famille d'un riche notaire de Paris. Les trois belles-sœurs, les deux beaux-frères trouvaient tant de charmes et d'avantages personnels, à rester dans la haute sphère des puissances politiques et à hanter les salons du faubourg Saint-Germain, qu'ils s'accordèrent tous pour former une petite cour à la hautaine Émilie. Ce pacte d'intérêt et d'orgueil ne fut cependant pas tellement bien cimenté que la jeune souveraine n'excitât souvent des révolutions dans son petit État. Des scènes, que le bon ton n'eût pas désavouées, entretenaient entre tous les membres de cette puissante famille une humeur moqueuse qui, sans altérer sensiblement l'amitié affichée en public, dégénérait quelquefois dans l'intérieur en sentiments peu charitables. Ainsi la femme du lieutenant-général, devenue baronne, se croyait tout aussi noble qu'une Kergarouët, et prétendait que cent bonnes mille livres de rente lui donnaient le droit d'être aussi impertinente que sa belle-sœur Émilie à laquelle elle souhaitait parfois avec ironie un mariage heureux, en annonçant que la fille de tel pair venait d'épouser monsieur un tel, tout court. La femme du vicomte de Fontaine s'amusait à éclipser Émilie par le bon goût et par la richesse qui se faisaient remarquer dans ses toilettes, dans ses ameublements et ses équipages. L'air moqueur avec lequel les belles-sœurs et les deux beaux-frères accueillirent quelquefois les prétentions avouées par mademoiselle de Fontaine excitait chez elle un courroux à peine calmé par une grêle d'épigrammes. Lorsque le chef de la famille éprouva quelque refroidissement dans la tacite et précaire amitié du monarque, il trembla d'autant plus, que, par suite des défis railleurs de ses sœurs, jamais sa fille chérie n'avait jeté ses vues si haut.

Au milieu de ces circonstances et au moment où cette petite lutte domestique était devenue fort grave, le monarque, auprès duquel monsieur de Fontaine croyait rentrer en grâce, fut attaqué de la maladie dont il devait périr. Le grand politique qui sut si bien conduire sa nauf au sein des orages ne tarda pas à succomber. Certain de la faveur à venir, le comte de Fontaine fit donc les plus grands efforts pour rassembler autour de sa dernière fille l'élite des jeunes gens à marier. Ceux qui ont tâché de résoudre le problème difficile que présente l'établissement d'une fille orgueilleuse et fantasque comprendront peut-être les peines que se donna le pauvre Vendéen. Achevée au gré de son enfant chéri, cette dernière entreprise eût couronné dignement la carrière que le comte parcourait depuis dix ans à Paris. Par la manière dont sa famille envahissait les traitements de tous les ministères, elle pouvait se comparer à la maison d'Autriche, qui, par ses alliances, menace d'envahir l'Europe. Aussi le vieux Vendéen ne se rebutait-il pas dans ses présentations de prétendus, tant il avait à cœur le bonheur de sa fille ; mais rien n'était plus plaisant que la façon dont l'impertinente créature prononçait ses arrêts et jugeait le mérite de ses adorateurs. On eût dit que, semblable à l'une de ces princesses des Mille et un Jours, Émilie fût assez riche, assez belle pour avoir le droit de choisir parmi tous les princes du monde ; ses objections étaient plus bouffonnes les unes que les autres : l'un avait les jambes trop grosses ou les genoux cagneux, l'autre était myope ; celui-ci s'appelait Durand, celui-là boitait ; presque tous lui semblaient trop gras. Plus vive, plus charmante, plus gaie que jamais après avoir rejeté deux ou trois prétendus, elle s'élançait dans les fêtes de l'hiver et courait aux bals où ses yeux perçants examinaient les célébrités du jour ; où souvent, à l'aide de son ravissant babil, elle parvenait à deviner les secrets du cœur le plus mystérieux, où elle se plaisait à tourmenter tous les jeunes gens, à exciter avec une coquetterie instinctive des demandes qu'elle rejetait toujours.

La nature lui avait donné en profusion les avantages nécessaires au rôle qu'elle jouait. Grande et svelte, Émilie de Fontaine possédait une démarche imposante ou folâtre, à son gré. Son col un peu long lui permettait de prendre de charmantes attitudes de dédain et d'impertinence. Elle s'était fait un fécond répertoire de ces airs de tête et de ces gestes féminins qui expliquent si cruellement ou si heureusement les demi-mots et les sourires. De beaux cheveux noirs, des sourcils très-fournis et fortement arqués prêtaient à sa physionomie une expression de fierté que la coquetterie autant que son miroir lui avaient appris à rendre terrible ou à tempérer par la fixité ou par la douceur de son regard, par l'immobilité ou par les légères inflexions de ses lèvres, par la froideur ou la grâce de son sourire. Quand Émilie voulait s'emparer d'un cœur, sa voix pure ne manquait pas de mélodie ; mais elle pouvait aussi lui imprimer une sorte de clarté brève quand elle entreprenait de paralyser la langue indiscrète d'un cavalier. Sa figure blanche et son front de marbre étaient semblables à la surface limpide d'un lac qui tour à tour se ride sous l'effort d'une brise ou reprend sa sérénité joyeuse quand l'air se calme. Plus d'un jeune homme en proie à ses dédains l'accusait de jouer la comédie ; mais tant de feux éclataient, tant de promesses jaillissaient de ses yeux noirs, qu'elle se justifiait en faisant bondir le cœur de ses élégants danseurs sous leurs fracs noirs. Parmi les jeunes filles à la mode, nulle mieux qu'elle ne savait prendre un air de hauteur en recevant le salut d'un homme qui n'avait que du talent, ou déployer cette politesse insultante pour les personnes qu'elle regardait comme ses inférieures, et déverser son impertinence sur tous ceux qui essayaient de marcher au pair avec elle. Elle semblait, partout où elle se trouvait, recevoir plutôt des hommages que des compliments ; et même chez une princesse, sa tournure et ses airs eussent converti le fauteuil sur lequel elle se serait assise, en un trône impérial.

Monsieur de Fontaine découvrit trop tard combien l'éducation de la fille qu'il aimait le plus avait été faussée par la tendresse de toute la famille. L'admiration que le monde témoigne d'abord à une jeune personne, mais de laquelle il ne tarde pas à se venger, avait encore exalté l'orgueil d'Émilie et accru sa confiance en elle. Une complaisance générale avait développé chez elle l'égoïsme naturel aux enfants gâtés qui, semblables à des rois, s'amusent de tout ce qui les approche. En ce moment, la grâce de la jeunesse et le charme des talents cachaient à tous les yeux ces défauts, d'autant plus odieux chez une femme qu'elle ne peut plaire que par le dévouement et par l'abnégation ; mais rien n'échappe à l'œil d'un bon père : monsieur de Fontaine essaya souvent d'expliquer à sa fille les principales pages du livre énigmatique de la vie. Vaine entreprise ! Il eut trop souvent à gémir sur l'indocilité capricieuse et sur la sagesse ironique de sa fille pour persévérer dans une tâche aussi difficile que celle de corriger un si pernicieux naturel. Il se contenta de donner de temps en temps des conseils pleins de douceur et de bonté ; mais il avait la douleur de voir ses plus tendres paroles glissant sur le cœur de sa fille comme s'il eût été de marbre. Les yeux d'un père se dessillent si tard, qu'il fallut au vieux Vendéen plus d'une épreuve pour s'apercevoir de l'air de condescendance avec laquelle sa fille lui accordait de rares caresses. Elle ressemblait à ces jeunes enfants qui paraissent dire à leur mère : – Dépêche-toi de m'embrasser pour que j'aille jouer. Enfin, Émilie daignait avoir de la tendresse pour ses parents. Mais souvent, par des caprices soudains qui semblent inexplicables chez les jeunes filles, elle s'isolait et ne se montrait plus que rarement ; elle se plaignait d'avoir à partager avec trop de monde le cœur de son père et de sa mère, elle devenait jalouse de tout, même de ses frères et de ses sœurs. Puis, après avoir pris bien de la peine à créer un désert autour d'elle, cette fille bizarre accusait la nature entière de sa solitude factice et de ses peines volontaires. Armée de son expérience de vingt ans, elle condamnait le sort parce que, ne sachant pas que le premier principe du bonheur est en nous, elle demandait aux choses de la vie de le lui donner. Elle aurait fui au bout du globe pour éviter des mariages semblables à ceux de ses deux sœurs ; et néanmoins elle avait dans le cœur une affreuse jalousie de les voir mariées, riches et heureuses. Enfin, quelquefois elle donnait à penser à sa mère, victime de ses procédés tout autant que monsieur de Fontaine, qu'elle avait un grain de folie. Cette aberration était assez explicable : rien n'est plus commun que cette secrète fierté née au cœur des jeunes personnes qui appartiennent à des familles haut placées sur l'échelle sociale, et que la nature a douées d'une grande beauté. Presque toutes sont persuadées que leurs mères, arrivées à l'âge de quarante ou cinquante ans, ne peuvent plus ni sympathiser avec leurs jeunes âmes, ni en concevoir les fantaisies. Elles s'imaginent que la plupart des mères, jalouses de leurs filles, veulent les habiller à leur mode dans le dessein prémédité de les éclipser ou de leur ravir des hommages. De là, souvent, des larmes secrètes ou de sourdes révoltes contre la prétendue tyrannie maternelle. Au milieu de ces chagrins qui deviennent réels, quoique assis sur une base imaginaire, elles ont encore la manie de composer un thème pour leur existence, et se tirent à elles-mêmes un brillant horoscope. Leur magie consiste à prendre leurs rêves pour des réalités. Elles résolvent secrètement, dans leurs longues méditations, de n'accorder leur cœur et leur main qu'à l'homme qui possédera tel ou tel avantage. Elles dessinent dans leur imagination un type auquel il faut, bon gré mal gré, que leur futur ressemble. Après avoir expérimenté la vie et fait les réflexions sérieuses qu'amènent les années, à force de voir le monde et son train prosaïque, à force d'exemples malheureux, les belles couleurs de leur figure idéale s'abolissent ; puis, elles se trouvent un beau jour, dans le courant de la vie, tout étonnées d'être heureuses sans la nuptiale poésie de leurs rêves. Suivant cette poétique, mademoiselle Émilie de Fontaine avait arrêté, dans sa fragile sagesse, un programme auquel devait se conformer son prétendu pour être accepté. De là ses dédains et ses sarcasmes.

— Quoique jeune et de noblesse ancienne, s'était-elle dit, il sera pair de France ou fils aîné d'un pair ! Il me serait insupportable de ne pas voir mes armes peintes sur les panneaux de ma voiture au milieu des plis flottants d'un manteau d'azur, et de ne pas courir comme les princes dans la grande allée des Champs-Élysées, les jours de Longchamp. D'ailleurs, mon père prétend que ce sera un jour la plus belle dignité de France. Je le veux militaire en me réservant de lui faire donner sa démission, et je le veux décoré pour que l'on nous porte les armes.

Ces rares qualités ne servaient à rien, si cet être de raison ne possédait pas encore une grande amabilité, une jolie tournure, de l'esprit, et s'il n'était pas svelte. La maigreur, cette grâce du corps, quelque fugitive qu'elle pût être, surtout dans un gouvernement représentatif, était une clause de rigueur. Mademoiselle de Fontaine avait une certaine mesure idéale qui lui servait de modèle. Le jeune homme qui, au premier coup d'œil, ne remplissait pas les conditions voulues, n'obtenait même pas un second regard.

— Oh, mon Dieu ! voyez combien ce monsieur est gras ! était chez elle la plus haute expression de mépris.

À l'entendre, les gens d'une honnête corpulence étaient incapables de sentiments, mauvais maris et indignes d'entrer dans une société civilisée. Quoique ce fût une beauté recherchée en Orient, l'embonpoint lui semblait un malheur chez les femmes ; mais chez un homme, c'était un crime. Ces opinions paradoxales amusaient, grâce à une certaine gaieté d'élocution. Néanmoins le comte sentit que plus tard les prétentions de sa fille, dont le ridicule allait être visible pour certaines femmes aussi clairvoyantes que peu charitables, deviendraient un fatal sujet de raillerie. Il craignit que les idées bizarres de sa fille ne se changeassent en mauvais ton. Il tremblait que le monde impitoyable ne se moquât déjà d'une personne qui restait si longtemps en scène sans donner un dénoûment à la comédie qu'elle y jouait. Plus d'un acteur, mécontent d'un refus, paraissait attendre le moindre incident malheureux pour se venger. Les indifférents, les oisifs commençaient à se lasser : l'admiration est toujours une fatigue pour l'espèce humaine. Le vieux Vendéen savait mieux que personne que s'il faut choisir avec art le moment d'entrer sur les tréteaux du monde, sur ceux de la cour, dans un salon ou sur la scène, il est encore plus difficile d'en sortir à propos. Aussi, pendant le premier hiver qui suivit l'avènement de Charles X au trône, redoubla-t-il d'efforts, conjointement avec ses trois fils et ses gendres, pour réunir dans les salons de son hôtel les meilleurs partis que Paris et les différentes députations des départements pouvaient présenter. L'éclat de ses fêtes, le luxe de sa salle à manger et ses dîners parfumés de truffes rivalisaient avec les célèbres repas par lesquels les ministres du temps s'assuraient le vote de leurs soldats parlementaires.

L'honorable Vendéen fut alors signalé comme un des plus puissants corrupteurs de la probité législative de cette illustre chambre qui sembla mourir d'indigestion. Chose bizarre ! ses tentatives pour marier sa fille le maintinrent dans une éclatante faveur. Peut-être trouva-t-il quelque avantage secret à vendre deux fois ses truffes. Cette accusation due à certains libéraux railleurs qui compensaient, par l'abondance de leurs paroles, la rareté de leurs adhérents dans la chambre, n'eut aucun succès. La conduite du gentilhomme poitevin était en général si noble et si honorable, qu'il ne reçut pas une seule de ces épigrammes par lesquelles les malins journaux de cette époque assaillirent les trois cents votants du centre, les ministres, les cuisiniers, les directeurs généraux, les princes de la fourchette et les défenseurs d'office qui soutenaient l'administration-Villèle. À la fin de cette campagne, pendant laquelle monsieur de Fontaine avait, à plusieurs reprises, fait donner toutes ses troupes, il crut que son assemblée de prétendus ne serait pas, cette fois, une fantasmagorie pour sa fille, et qu'il était temps de la consulter. Il avait une certaine satisfaction intérieure d'avoir bien rempli son devoir de père. Puis ayant fait flèche de tout bois, il espérait que, parmi tant de cœurs offerts à la capricieuse Émilie, il pouvait s'en rencontrer au moins un qu'elle eût distingué. Incapable de renouveler cet effort, et d'ailleurs lassé de la conduite de sa fille, vers la fin du carême, un matin que la séance de la chambre ne réclamait pas trop impérieusement son vote, il résolut de faire un coup d'autorité. Pendant qu'un valet de chambre dessinait artistement sur son crâne jaune le delta de poudre qui complétait, avec des ailes de pigeon pendantes, sa coiffure vénérable, le père d'Émilie ordonna, non sans une secrète émotion, à son vieux valet de chambre d'aller avertir l'orgueilleuse demoiselle de comparaître immédiatement devant le chef de la famille.

– Joseph, lui dit-il au moment où il eut achevé sa coiffure, ôtez cette serviette, tirez ces rideaux, mettez ces fauteuils en place, secouez le tapis de la cheminée, essuyez partout. Allons ! Donnez un peu d'air à mon cabinet en ouvrant la fenêtre.

Le comte multipliait ses ordres, essoufflait Joseph, qui, devinant les intentions de son maître, restitua quelque fraîcheur à cette pièce naturellement la plus négligée de toute la maison, et réussit à imprimer une sorte d'harmonie à des monceaux de comptes, aux cartons, aux livres, aux meubles de ce sanctuaire où se débattaient les intérêts du domaine royal. Quand Joseph eut achevé de mettre un peu d'ordre dans ce chaos et de placer en évidence, comme dans un magasin de nouveautés, les choses qui pouvaient être les plus agréables à voir, ou produire par leurs couleurs une sorte de poésie bureaucratique, il s'arrêta au milieu du dédale des paperasses étalées en quelques endroits jusque sur le tapis, il s'admira lui-même un moment, hocha la tête et sortit.

Le pauvre sinécuriste ne partagea pas la bonne opinion de son serviteur. Avant de s'asseoir dans son immense fauteuil à oreilles, il jeta un regard de méfiance autour de lui, examina d'un air hostile sa robe de chambre, en chassa quelques grains de tabac, s'essuya soigneusement le nez, rangea les pelles et les pincettes, attisa le feu, releva les quartiers de ses pantoufles, rejeta en arrière sa petite queue horizontalement logée entre le col de son gilet et celui de sa robe de chambre, et lui fit reprendre sa position perpendiculaire ; puis, il donna un coup de balai aux cendres d'un foyer qui attestait l'obstination de son catarrhe. Enfin le vieux Vendéen ne s'assit qu'après avoir repassé une dernière fois en revue son cabinet, en espérant que rien n'y pourrait donner lieu aux remarques aussi plaisantes qu'impertinentes par lesquelles sa fille avait coutume de répondre à ses sages avis. En cette occurrence, il ne voulait pas compromettre sa dignité paternelle. Il prit délicatement une prise de tabac, et toussa deux ou trois fois comme s'il se disposait à demander l'appel nominal : il entendait le pas léger de sa fille, qui entra en fredonnant un air d'il Barbiere.

– Bonjour, mon père. Que me voulez-vous donc si matin ?

Après ces paroles jetées comme la ritournelle de l'air qu'elle chantait, elle embrassa le comte, non pas avec cette tendresse familière qui rend le sentiment filial chose si douce, mais avec l'insouciante légèreté d'une maîtresse sûre de toujours plaire quoi qu'elle fasse.

– Ma chère enfant, dit gravement monsieur de Fontaine, je t'ai fait venir pour causer très-sérieusement avec toi, sur ton avenir. La nécessité où tu es en ce moment de choisir un mari de manière à rendre ton bonheur durable…

— Mon bon père, répondit Émilie en employant les sons les plus caressants de sa voix pour l'interrompre, il me semble que l'armistice que nous avons conclu relativement à mes prétendus n'est pas encore expiré.

— Émilie, cessons aujourd'hui de badiner sur un sujet si important. Depuis quelque temps les efforts de ceux qui t'aiment véritablement, ma chère enfant, se réunissent pour te procurer un établissement convenable, et ce serait être coupable d'ingratitude que d'accueillir légèrement les marques d'intérêt que je ne suis pas seul à te prodiguer.

En entendant ces paroles et après avoir lancé un regard malicieusement investigateur sur les meubles du cabinet paternel, la jeune fille alla prendre celui des fauteuils qui paraissait avoir le moins servi aux solliciteurs, l'apporta elle-même de l'autre côté de la cheminée, de manière à se placer en face de son père, prit une attitude si grave qu'il était impossible de n'y pas voir les traces d'une moquerie, et se croisa les bras sur la riche garniture d'une pèlerine à la neige dont les nombreuses ruches de tulle furent impitoyablement froissées. Après avoir regardé de côté, et en riant, la figure soucieuse de son vieux père, elle rompit le silence.

— Je ne vous ai jamais entendu dire, mon cher père, que le gouvernement fît ses communications en robe de chambre. Mais, ajouta-t-elle en souriant, n'importe, le peuple ne doit pas être difficile. Voyons donc vos projets de lois et vos présentations officielles.

— Je n'aurai pas toujours la facilité de vous en faire, jeune folle ! Écoute, Émilie. Mon intention n'est pas de compromettre plus longtemps mon caractère, qui est une partie de la fortune de mes enfants, à recruter ce régiment de danseurs que tu mets en déroute à chaque printemps. Déjà tu as été la cause innocente de bien des brouilleries dangereuses avec certaines familles. J'espère que tu comprendras mieux aujourd'hui les difficultés de ta position et de la nôtre. Tu as vingt ans, ma fille, et voici près de trois ans que tu devrais être mariée. Tes frères, tes deux sœurs sont tous établis richement et heureusement. Mais, mon enfant, les dépenses que nous ont suscitées ces mariages, et le train de maison que tu fais tenir à ta mère, ont absorbé tellement nos revenus, qu'à peine pourrai-je te donner cent mille francs de dot. Dès aujourd'hui je veux m'occuper du sort à venir de ta mère, qui ne doit pas être sacrifiée à ses enfants. Émilie, si je venais à manquer à ma famille, madame de Fontaine ne saurait être à la merci de personne, et doit continuer à jouir de l'aisance par laquelle j'ai récompensé trop tard son dévouement à mes malheurs. Tu vois, mon enfant, que la faiblesse de ta dot ne saurait être en harmonie avec tes idées de grandeur. Encore sera-ce un sacrifice que je n'ai fait pour aucun autre de mes enfants ; mais ils se sont généreusement accordés à ne pas se prévaloir un jour de l'avantage que nous ferons à un enfant trop chéri.

– Dans leur position ! dit Émilie en agitant la tête avec ironie.

– Ma fille, ne dépréciez jamais ainsi ceux qui vous aiment. Sachez qu'il n'y a que les pauvres de généreux ! Les riches ont toujours d'excellentes raisons pour ne pas abandonner vingt mille francs à un parent. Eh bien ! ne boude pas, mon enfant, et parlons raisonnablement. Parmi les jeunes gens à marier, n'as-tu pas remarqué monsieur de Manerville ?

– Oh ! il dit zeu au lieu de jeu, il regarde toujours son pied parce qu'il le croit petit, et il se mire ! D'ailleurs, il est blond, je n'aime pas les blonds.

– Eh bien ! monsieur de Beaudenord ?

– Il n'est pas noble. Il est mal fait et gros. À la vérité il est brun. Il faudrait que ces deux messieurs s'entendissent pour réunir leurs fortunes, et que le premier donnât son corps et son nom au second qui garderait ses cheveux, et alors… peut-être…

– Qu'as-tu à dire contre monsieur de Rastignac ?

– Il est devenu presque banquier, dit-elle malicieusement.

– Et le vicomte de Portenduère, notre parent ?

– Un enfant qui danse mal, et d'ailleurs sans fortune. Enfin, mon père, ces gens-là n'ont pas de titre. Je veux être au moins comtesse comme l'est ma mère.

– Tu n'as donc vu personne cet hiver, qui…

– Non, mon père.

– Que veux-tu donc ?

– Le fils d'un pair de France.

– Ma fille, vous êtes folle ! dit monsieur de Fontaine en se levant.

Mais tout à coup il leva les yeux au ciel, sembla puiser une nouvelle dose de résignation dans une pensée religieuse ; puis, jetant un regard de pitié paternelle sur son enfant, qui devint émue, il lui prit la main, la serra, et lui dit avec attendrissement : – Dieu m'en est témoin, pauvre créature égarée ! j'ai consciencieusement rempli mes devoirs de père envers toi, que dis-je, consciencieusement ? avec amour, mon Émilie. Oui, Dieu le sait, cet hiver j'ai amené près de toi plus d'un honnête homme dont les qualités, les mœurs, le caractère m'étaient connus, et tous ont paru dignes de toi. Mon enfant, ma tâche est remplie. D'aujourd'hui je te rends l'arbitre de ton sort, me trouvant heureux et malheureux tout ensemble de me voir déchargé de la plus lourde des obligations paternelles. Je ne sais pas si longtemps encore tu entendras une voix qui, par malheur, n'a jamais été sévère ; mais souviens-toi que le bonheur conjugal ne se fonde pas tant sur des qualités brillantes et sur la fortune, que sur une estime réciproque. Cette félicité est, de sa nature, modeste et sans éclat. Va, ma fille, mon aveu est acquis à celui que tu me présenteras pour gendre ; mais si tu devenais malheureuse, songe que tu n'auras pas le droit d'accuser ton père. Je ne me refuserai pas à faire des démarches et à t'aider ; seulement, que ton choix soit sérieux, définitif ! je ne compromettrai pas deux fois le respect dû à mes cheveux blancs.

L'affection que lui témoignait son père et l'accent solennel qu'il mit à son onctueuse allocution touchèrent vivement mademoiselle de Fontaine ; mais elle dissimula son attendrissement, sauta sur les genoux du comte qui s'était assis tout tremblant encore, lui fit les caresses les plus douces, et le câlina avec tant de grâce que le front du vieillard se dérida. Quand Émilie jugea que son père était remis de sa pénible émotion, elle lui dit à voix basse : – Je vous remercie bien de votre gracieuse attention, mon cher père. Vous avez arrangé votre appartement pour recevoir votre fille chérie. Vous ne saviez peut-être pas la trouver si folle et si rebelle. Mais, mon père, est-il donc bien difficile d'épouser un pair de France ? vous prétendiez qu'on en faisait par douzaine. Ah ! du moins vous ne me refuserez pas des conseils.

– Non, pauvre enfant, non, et je te crierai plus d'une fois : Prends garde ! Songe donc que la pairie est un ressort trop nouveau dans notre gouvernementabilité, comme disait le feu roi, pour que les pairs puissent posséder de grandes fortunes. Ceux qui sont riches veulent le devenir encore plus. Le plus opulent de tous les membres de notre pairie n'a pas la moitié du revenu que possède le moins riche lord de la chambre haute en Angleterre. Or les pairs de France chercheront tous de riches héritières pour leurs fils, n'importe où elles se trouveront. La nécessité où ils sont tous de faire des mariages d'argent durera plus de deux siècles. Il est possible qu'en attendant l'heureux hasard que tu désires, recherche qui peut te coûter tes plus belles années, tes charmes (car on s'épouse considérablement par amour dans notre siècle), tes charmes, dis-je, opèrent un prodige. Lorsque l'expérience se cache sous un visage aussi frais que le tien, l'on peut en espérer des merveilles. N'as-tu pas d'abord la facilité de reconnaître les vertus dans le plus ou le moins de volume que prennent les corps ? ce n'est pas un petit mérite. Aussi n'ai-je pas besoin de prévenir une personne aussi sage que toi de toutes les difficultés de l'entreprise. Je suis certain que tu ne supposeras jamais à un inconnu du bon sens en lui voyant une figure flatteuse, ou des vertus en lui trouvant une jolie tournure. Enfin je suis parfaitement de ton avis sur l'obligation dans laquelle sont tous les fils de pair d'avoir un air à eux et des manières tout à fait distinctives. Quoique aujourd'hui rien ne marque le haut rang, ces jeunes gens-là auront pour toi peut-être un je ne sais quoi qui te les révélera. D'ailleurs, tu tiens ton cœur en bride comme un bon cavalier certain de ne pas laisser broncher son coursier. Ma fille, bonne chance.

– Tu te moques de moi, mon père. Eh bien ! je te déclare que j'irai plutôt mourir au couvent de mademoiselle de Condé, que de ne pas être la femme d'un pair de France.

Elle s'échappa des bras de son père, et, fière d'être sa maîtresse, elle s'en alla en chantant l'air de Cara non dubitare du Matrimonio secreto. Par hasard la famille fêtait ce jour-là l'anniversaire d'une fête domestique. Au dessert, madame Planat, la femme du receveur-général et l'aînée d'Émilie, parla assez hautement d'un jeune Américain, possesseur d'une immense fortune, qui, devenu passionnément épris de sa sœur, lui avait fait des propositions extrêmement brillantes.

– C'est un banquier, je crois, dit négligemment Émilie. Je n'aime pas les gens de finance.

– Mais, Émilie, répondit le baron de Villaine, le mari de la seconde sœur de mademoiselle de Fontaine, vous n'aimez pas non plus la magistrature, de manière que je ne vois pas trop, si vous repoussez les propriétaires non titrés, dans quelle classe vous choisirez un mari.

– Surtout, Émilie, avec ton système de maigreur, ajouta le lieutenant-général.

– Je sais, répondit la jeune fille, ce qu'il me faut.

– Ma sœur veut un grand nom, dit la baronne de Fontaine, et cent mille livres de rente, monsieur de Marsay par exemple !

– Je sais, ma chère sœur, reprit Émilie, que je ne ferai pas un sot mariage comme j'en ai tant vu faire. D'ailleurs, pour éviter ces discussions nuptiales, je déclare que je regarderai comme les ennemis de mon repos ceux qui me parleront de mariage.

Un oncle d'Émilie, un vice-amiral, dont la fortune venait de s'augmenter d'une vingtaine de mille livres de rente par suite de la loi d'indemnité, vieillard septuagénaire en possession de dire de dures vérités à sa petite-nièce de laquelle il raffolait, s'écria pour dissiper l'aigreur de cette conversation : – Ne tourmentez donc pas ma pauvre Émilie ! ne voyez-vous pas qu'elle attend la majorité du duc de Bordeaux !

Un rire universel accueillit la plaisanterie du vieillard.

– Prenez garde que je ne vous épouse, vieux fou ! repartit la jeune fille, dont les dernières paroles furent heureusement étouffées par le bruit.

– Mes enfants, dit madame de Fontaine pour adoucir cette impertinence, Émilie, de même que vous tous, ne prendra conseil que de sa mère.

– Oh ! mon Dieu ! je n'écouterai que moi dans une affaire qui ne regarde que moi, dit fort distinctement mademoiselle de Fontaine.

Tous les regards se portèrent alors sur le chef de la famille. Chacun semblait être curieux de voir comment il allait s'y prendre pour maintenir sa dignité. Non-seulement le vénérable Vendéen jouissait d'une grande considération dans le monde ; mais encore, plus heureux que bien des pères, il était apprécié par sa famille, dont tous les membres avaient su reconnaître les qualités solides qui lui servaient à faire la fortune des siens. Aussi était-il entouré de ce profond respect que témoignent les familles anglaises et quelques maisons aristocratiques du continent au représentant de l'arbre généalogique. Il s'établit un profond silence, et les yeux des convives se portèrent alternativement sur la figure boudeuse et altière de l'enfant gâté et sur les visages sévères de monsieur et de madame de Fontaine.

– J'ai laissé ma fille Émilie maîtresse de son sort, fut la réponse que laissa tomber le comte d'un son de voix profond.

Les parents et les convives regardèrent alors mademoiselle de Fontaine avec une curiosité mêlée de pitié. Cette parole semblait annoncer que la bonté paternelle s'était lassée de lutter contre un caractère que la famille savait être incorrigible. Les gendres murmurèrent, et les frères lancèrent à leurs femmes des sourires moqueurs. Dès ce moment, chacun cessa de s'intéresser au mariage de l'orgueilleuse fille. Son vieil oncle fut le seul qui, en sa qualité d'ancien marin, osât courir des bordées avec elle et essuyer ses boutades, sans être jamais embarrassé de lui rendre feu pour feu.

Quand la belle saison fut venue après le vote du budget, cette famille, véritable modèle des familles parlementaires de l'autre bord de la Manche, qui ont un pied dans toutes les administrations et dix voix aux Communes, s'envola, comme une nichée d'oiseaux, vers les beaux sites d'Aulnay, d'Antony et de Châtenay. L'opulent receveur-général avait récemment acheté dans ces parages une maison de campagne pour sa femme, qui ne restait à Paris que pendant les sessions. Quoique la belle Émilie méprisât la roture, ce sentiment n'allait pas jusqu'à dédaigner les avantages de la fortune amassée par les bourgeois. Elle accompagna donc sa sœur à sa villa somptueuse, moins par amitié pour les personnes de sa famille qui s'y réfugièrent, que parce que le bon ton ordonne impérieusement à toute femme qui se respecte d'abandonner Paris pendant l'été. Les vertes campagnes de Sceaux remplissaient admirablement bien les conditions exigées par le bon ton et le devoir des charges publiques. Comme il est un peu douteux que la réputation du bal champêtre de Sceaux ait jamais dépassé l'enceinte du département de la Seine, il est nécessaire de donner quelques détails sur cette fête hebdomadaire qui, par son importance, menaçait alors de devenir une institution. Les environs de la petite ville de Sceaux jouissent d'une renommée due à des sites qui passent pour être ravissants. Peut-être sont-ils fort ordinaires et ne doivent-ils leur célébrité qu'à la stupidité des bourgeois de Paris, qui, au sortir des abîmes de moellon où ils sont ensevelis, seraient disposés à admirer les plaines de la Beauce. Cependant les poétiques ombrages d'Aulnay, les collines d'Antony et la vallée de Bièvre étant habités par quelques artistes qui ont voyagé, par des étrangers, gens fort difficiles, et par nombre de jolies femmes qui ne manquent pas de goût, il est à croire que les Parisiens ont raison. Mais Sceaux possède un autre attrait non moins puissant sur le Parisien. Au milieu d'un jardin d'où se découvrent de délicieux aspects, se trouve une immense rotonde ouverte de toutes parts dont le dôme aussi léger que vaste est soutenu par d'élégants piliers. Ce dais champêtre protège une salle de danse. Il est rare que les propriétaires les plus collets-montés du voisinage n'émigrent pas une fois ou deux pendant la saison, vers ce palais de la Terpsichore villageoise, soit en cavalcades brillantes, soit dans ces élégantes et légères voitures qui saupoudrent de poussière les piétons philosophes. L'espoir de rencontrer là quelques femmes du beau monde et d'être vus par elles, l'espoir moins souvent trompé d'y voir de jeunes paysannes aussi rusées que des juges, fait accourir le dimanche, au bal de Sceaux, de nombreux essaims de clercs d'avoués, de disciples d'Esculape et de jeunes gens dont le teint blanc et la fraîcheur sont entretenus par l'air humide des arrière-boutiques parisiennes. Aussi bon nombre de mariages bourgeois se sont-ils ébauchés aux sons de l'orchestre qui occupe le centre de cette salle circulaire. Si le toit pouvait parler, que d'amours ne raconterait-il pas ! Cette intéressante mêlée rend le bal de Sceaux plus piquant que ne le sont deux ou trois autres bals des environs de Paris, sur lesquels sa rotonde, la beauté du site et les agréments de son jardin lui donnent d'incontestables avantages. Émilie, la première, manifesta le désir d'aller faire peuple à ce joyeux bal de l'arrondissement, en se promettant un énorme plaisir à se trouver au milieu de cette assemblée. On s'étonna de son désir d'errer au sein d'une telle cohue ; mais l'incognito n'est-il pas pour les grands une très-vive jouissance ! Mademoiselle de Fontaine se plaisait à se figurer toutes ces tournures citadines, elle se voyait laissant dans plus d'un cœur bourgeois le souvenir d'un regard et d'un sourire enchanteurs, riait déjà des danseuses à prétentions, et taillait ses crayons pour les scènes avec lesquelles elle comptait enrichir les pages de son album satirique. Le dimanche n'arriva jamais assez tôt au gré de son impatience. La société du pavillon Planat se mit en route à pied, afin de ne pas commettre d'indiscrétion sur le rang des personnages qui voulaient honorer le bal de leur présence. On avait dîné de bonne heure. Enfin, le mois de mai favorisa cette escapade aristocratique par la plus belle de ses soirées. Mademoiselle de Fontaine fut toute surprise de trouver, sous la rotonde, quelques quadrilles composés de personnes qui paraissaient appartenir à la bonne compagnie. Elle vit bien, çà et là, quelques jeunes gens qui semblaient avoir employé les économies d'un mois pour briller pendant une journée, et reconnut plusieurs couples dont la joie trop franche n'accusait rien de conjugal ; mais elle n'eut qu'à glaner au lieu de récolter. Elle s'étonna de voir le plaisir habillé de percale ressembler si fort au plaisir vêtu de satin, et la bourgeoise danser avec autant de grâce et quelquefois mieux que ne dansait la noblesse. La plupart des toilettes étaient simples et bien portées. Ceux qui, dans cette assemblée, représentaient les suzerains du territoire, c'est-à-dire les paysans, se tenaient dans leur coin avec une incroyable politesse. Il fallut même à mademoiselle Émilie une certaine étude des divers éléments qui composaient cette réunion avant de pouvoir y trouver un sujet de plaisanterie. Mais elle n'eut ni le temps de se livrer à ses malicieuses critiques, ni le loisir d'entendre beaucoup de ces propos saillants que les caricaturistes recueillent avec joie. L'orgueilleuse créature rencontra subitement dans ce vaste champ une fleur, la métaphore est de saison, dont l'éclat et les couleurs agirent sur son imagination avec les prestiges d'une nouveauté. Il nous arrive souvent de regarder une robe, une tenture, un papier blanc avec assez de distraction pour n'y pas apercevoir sur-le-champ une tache ou quelque point brillant qui plus tard frappent tout à coup notre œil comme s'ils y survenaient à l'instant seulement où nous les voyons ; par une espèce de phénomène moral assez semblable à celui-là, mademoiselle de Fontaine reconnut dans un jeune homme le type des perfections extérieures qu'elle rêvait depuis si longtemps.

Assise sur une de ces chaises grossières qui décrivaient l'enceinte obligée de la salle, elle s'était placée à l'extrémité du groupe formé par sa famille, afin de pouvoir se lever ou s'avancer suivant ses fantaisies, en se comportant avec les vivants tableaux et les groupes offerts par cette salle, comme à l'exposition du Musée. Elle braquait impertinemment son lorgnon sur une personne qui se trouvait à deux pas d'elle, et faisait ses réflexions comme si elle eût critiqué ou loué une tête d'étude, une scène de genre. Ses regards, après avoir erré sur cette vaste toile animée, furent tout à coup saisis par cette figure qui semblait avoir été mise exprès dans un coin du tableau, sous le plus beau jour, comme un personnage hors de toute proportion avec le reste. L'inconnu, rêveur et solitaire, légèrement appuyé sur une des colonnes qui supportent le toit, avait les bras croisés et se tenait penché comme s'il se fût placé là pour permettre à un peintre de faire son portrait. Quoique pleine d'élégance et de fierté, cette attitude était exempte d'affectation. Aucun geste ne démontrait qu'il eût mis sa face de trois quarts et faiblement incliné sa tête à droite, comme Alexandre, comme lord Byron, et quelques autres grands hommes, dans le seul but d'attirer sur lui l'attention. Son regard fixe suivait les mouvements d'une danseuse, en trahissant quelque sentiment profond. Sa taille svelte et dégagée rappelait les belles proportions de l'Apollon. De beaux cheveux noirs se bouclaient naturellement sur son front élevé. D'un seul coup d'œil mademoiselle de Fontaine remarqua la finesse de son linge, la fraîcheur de ses gants de chevreau évidemment pris chez le bon faiseur, et la petitesse d'un pied bien chaussé dans une botte de peau d'Irlande. Il ne portait aucun de ces ignobles brimborions dont se chargent les anciens petits-maîtres de la garde nationale, ou les Adonis de comptoir. Seulement un ruban noir auquel était suspendu son lorgnon flottait sur un gilet d'une coupe distinguée. Jamais la difficile Émilie n'avait vu les yeux d'un homme ombragés par des cils si longs et si recourbés. La mélancolie et la passion respiraient dans cette figure caractérisée par un teint olivâtre et mâle. Sa bouche semblait toujours prête à sourire et à relever les coins de deux lèvres éloquentes ; mais cette disposition, loin de tenir à la gaieté, révélait plutôt une sorte de grâce triste. Il y avait trop d'avenir dans cette tête, trop de distinction dans la personne, pour qu'on pût dire : – Voilà un bel homme ou un joli homme ! on désirait le connaître. En voyant l'inconnu, l'observateur le plus perspicace n'aurait pu s'empêcher de le prendre pour un homme de talent attiré par quelque intérêt puissant à cette fête de village.

Cette masse d'observations ne coûta guère à Émilie qu'un moment d'attention, pendant lequel cet homme privilégié, soumis à une analyse sévère, devint l'objet d'une secrète admiration. Elle ne se dit pas : – Il faut qu'il soit pair de France ! mais – Oh ! s'il est noble, et il doit l'être... Sans achever sa pensée, elle se leva tout à coup, alla, suivie de son frère le lieutenant-général, vers cette colonne en paraissant regarder les joyeux quadrilles ; mais par un artifice d'optique familier aux femmes, elle ne perdait pas un seul des mouvements du jeune homme, de qui elle s'approcha. L'inconnu s'éloigna poliment pour céder la place aux deux survenants, et s'appuya sur une autre colonne. Émilie, aussi piquée de la politesse de l'étranger qu'elle l'eût été d'une impertinence, se mit à causer avec son frère en élevant la voix beaucoup plus que le bon ton ne le voulait ; elle prit des airs de tête, multiplia ses gestes et rit sans trop en avoir sujet, moins pour amuser son frère que pour attirer l'attention de l'imperturbable inconnu. Aucun de ces petits artifices ne réussit. Mademoiselle de Fontaine suivit alors la direction que prenaient les regards du jeune homme, et aperçut la cause de cette insouciance.

Au milieu du quadrille qui se trouvait devant elle, dansait une jeune personne pâle, et semblable à ces déités écossaises que Girodet a placées dans son immense composition des guerriers français reçus par Ossian. Émilie crut reconnaître en elle une illustre lady qui était venue habiter depuis peu de temps une campagne voisine. Elle avait pour cavalier un jeune homme de quinze ans, aux mains rouges, en pantalon de nankin, en habit bleu, en souliers blancs, qui prouvait que son amour pour la danse ne la rendait pas difficile sur le choix de ses partners. Ses mouvements ne se ressentaient pas de son apparente faiblesse ; mais une rougeur légère colorait déjà ses joues blanches, et son teint commençait à s'animer. Mademoiselle de Fontaine s'approcha du quadrille pour pouvoir examiner l'étrangère au moment où elle reviendrait à sa place, pendant que les vis-à-vis répétaient la figure qu'elle exécutait. Mais l'inconnu s'avança, se pencha vers la jolie danseuse, et la curieuse Émilie put entendre distinctement ces paroles, quoique prononcées d'une voix à la fois impérieuse et douce :

– Clara, mon enfant, ne dansez plus.

Clara fit une petite moue boudeuse, inclina la tête en signe d'obéissance et finit par sourire. Après la contredanse, le jeune homme eut les précautions d'un amant en mettant sur les épaules de la jeune fille un châle de cachemire, et la fit asseoir de manière à ce qu'elle fût à l'abri du vent. Puis bientôt mademoiselle de Fontaine, qui les vit se lever et se promener autour de l'enceinte comme des gens disposés à partir, trouva le moyen de les suivre sous prétexte d'admirer les points de vue du jardin. Son frère se prêta avec une malicieuse bonhomie aux caprices de cette marche assez vagabonde. Émilie aperçut alors ce joli couple montant dans un élégant tilbury que gardait un domestique à cheval et en livrée. Au moment où le jeune homme fut assis et tâcha de rendre les guides égales, elle obtint d'abord de lui un de ces regards que l'on jette sans but sur les grandes foules ; mais elle eut la faible satisfaction de lui voir retourner la tête à deux reprises différentes, et la jeune inconnue l'imita. Était-ce jalousie ?

– Je présume que tu as maintenant assez observé le jardin, lui dit son frère, nous pouvons retourner à la danse.

– Je le veux bien, répondit-elle. Croyez-vous que ce soit lady Dudley ?

– Elle ne sortirait pas sans Félix de Vandenesse, lui dit son frère en souriant.

– Lady Dudley ne peut-elle pas avoir chez elle des parents…

– Un jeune homme, oui, reprit le baron de Fontaine ; mais une jeune personne, non !

Le lendemain, mademoiselle de Fontaine manifesta le désir de faire une promenade à cheval. Insensiblement elle accoutuma son vieil oncle et ses frères à l'accompagner dans certaines courses matinales, très-salutaires, disait-elle, pour sa santé. Elle affectionnait singulièrement les alentours du village habité par lady Dudley. Malgré ses manœuvres de cavalerie, elle ne revit pas l'étranger aussi promptement que la joyeuse recherche à laquelle elle se livrait pouvait le lui faire espérer. Elle retourna plusieurs fois au bal de Sceaux, sans pouvoir y retrouver le jeune Anglais tombé du ciel pour dominer ses rêves et les embellir. Quoique rien n'aiguillonne plus le naissant amour d'une jeune fille qu'un obstacle, il y eut cependant un moment où mademoiselle Émilie de Fontaine fut sur le point d'abandonner son étrange et secrète poursuite, en désespérant presque du succès d'une entreprise dont la singularité peut donner une idée de la hardiesse de son caractère. Elle aurait pu en effet tourner longtemps autour du village de Châtenay sans revoir son inconnu. La jeune Clara, puisque tel est le nom que mademoiselle de Fontaine avait entendu, n'était pas Anglaise, et le prétendu étranger n'habitait pas les bosquets fleuris et embaumés de Châtenay.

Un soir, Émilie sortie à cheval avec son oncle, qui depuis les beaux jours avait obtenu de sa goutte une assez longue cessation d'hostilités, rencontra lady Dudley. L'illustre étrangère avait auprès d'elle dans sa calèche monsieur Vandenesse. Émilie reconnut le couple, et ses suppositions furent en un moment dissipées comme se dissipent les rêves. Dépitée comme toute femme frustrée dans son attente, elle tourna bride si rapidement, que son oncle eut toutes les peines du monde à la suivre, tant elle avait lancé son poney.

— Je suis apparemment devenu trop vieux pour comprendre ces esprits de vingt ans, se dit le marin en mettant son cheval au galop, ou peut-être la jeunesse d'aujourd'hui ne ressemble-t-elle plus à celle d'autrefois. Mais qu'a donc ma nièce ? La voilà maintenant qui marche à petits pas comme un gendarme en patrouille dans les rues de Paris. Ne dirait-on pas qu'elle veut cerner ce brave bourgeois qui m'a l'air d'être un auteur rêvassant à ses poésies, car il a, je crois, un album à la main. Par ma foi, je suis un grand sot ! Ne serait-ce pas le jeune homme en quête de qui nous sommes ?

À cette pensée le vieux marin fit marcher tout doucement son cheval sur le sable, de manière à pouvoir arriver sans bruit auprès de sa nièce. Le vice-amiral avait fait trop de noirceurs dans les années 1771 et suivantes, époques de nos annales où la galanterie était en honneur, pour ne pas deviner sur-le-champ qu'Émilie avait par le plus grand hasard rencontré l'inconnu du bal de Sceaux. Malgré le voile que l'âge répandait sur ses yeux gris, le comte de Kergarouët sut reconnaître les indices d'une agitation extraordinaire chez sa nièce, en dépit de l'immobilité qu'elle essayait d'imprimer à son visage. Les yeux perçants de la jeune fille étaient fixés avec une sorte de stupeur sur l'étranger qui marchait paisiblement devant elle.

— C'est bien ça ! se dit le marin, elle va le suivre comme un vaisseau marchand suit un corsaire. Puis, quand elle l'aura vu s'éloigner, elle sera au désespoir de ne pas savoir qui elle aime, et d'ignorer si c'est un marquis ou un bourgeois. Vraiment les jeunes têtes devraient toujours avoir auprès d'elles une vieille perruque comme moi…

Il poussa tout à coup son cheval à l'improviste de manière à faire partir celui de sa nièce, et passa si vite entre elle et le jeune promeneur, qu'il le força de se jeter sur le talus de verdure qui encaissait le chemin. Arrêtant aussitôt son cheval, le comte s'écria :

– Ne pouviez-vous pas vous ranger ?

– Ah ! pardon, monsieur, répondit l'inconnu. J'ignorais que ce fût à moi de vous faire des excuses de ce que vous avez failli me renverser.

– Eh ! l'ami, finissons, reprit aigrement le marin en prenant un son de voix dont le ricanement avait quelque chose d'insultant.

En même temps le comte leva sa cravache comme pour fouetter son cheval, et toucha l'épaule de son interlocuteur en disant : – Le bourgeois libéral est raisonneur, tout raisonneur doit être sage.

Le jeune homme gravit le talus de la route en entendant ce sarcasme ; il se croisa les bras et répondit d'un ton fort ému : – Monsieur, je ne puis croire, en voyant vos cheveux blancs, que vous vous amusiez encore à chercher des duels.

– Cheveux blancs ? s'écria le marin en l'interrompant, tu en as menti par ta gorge, ils ne sont que gris.

Une dispute ainsi commencée devint en quelques secondes si chaude, que le jeune adversaire oublia le ton de modération qu'il s'était efforcé de conserver. Au moment où le comte de Kergarouët vit sa nièce arrivant à eux avec toutes les marques d'une vive inquiétude, il donnait son nom à son antagoniste en lui disant de garder le silence devant la jeune personne confiée à ses soins. L'inconnu ne put s'empêcher de sourire et remit une carte au vieux marin en lui faisant observer qu'il habitait une maison de campagne à Chevreuse, et s'éloigna rapidement après la lui avoir indiquée.

– Vous avez manqué blesser ce pauvre pékin, ma nièce, dit le comte en s'empressant d'aller au-devant d'Émilie. Vous ne savez donc plus tenir votre cheval en bride. Vous me laissez là compromettre ma dignité pour couvrir vos folies ; tandis que si vous étiez restée, un seul de vos regards ou une de vos paroles polies, une de celles que vous dites si joliment quand vous n'êtes pas impertinente, aurait tout raccommodé, lui eussiez-vous cassé le bras.

– Eh ! mon cher oncle, c'est votre cheval, et non le mien, qui est la cause de cet accident. Je crois, en vérité, que vous ne pouvez plus monter à cheval, vous n'êtes déjà plus si bon cavalier que vous l'étiez l'année dernière. Mais au lieu de dire des riens…

– Diantre ! des riens. Ce n'est donc rien que de faire une impertinence à votre oncle ?

– Ne devrions-nous pas aller savoir si ce jeune homme est blessé ? Il boite, mon oncle, voyez donc.

– Non, il court. Ah ! je l'ai rudement morigéné.

– Ah ! mon oncle, je vous reconnais là.

– Halte-là, ma nièce, dit le comte en arrêtant le cheval d'Émilie par la bride. Je ne vois pas la nécessité de faire des avances à quelque boutiquier trop heureux d'avoir été jeté à terre par une charmante jeune fille ou par le commandant de la Belle-Poule.

– Pourquoi croyez-vous que ce soit un roturier, mon cher oncle ? Il me semble qu'il a des manières fort distinguées.

– Tout le monde a des manières aujourd'hui, ma nièce.

– Non, mon oncle, tout le monde n'a pas l'air et la tournure que donne l'habitude des salons, et je parierais avec vous volontiers que ce jeune homme est noble.

– Vous n'avez pas trop eu le temps de l'examiner.

– Mais ce n'est pas la première fois que je le vois.

– Et ce n'est pas non plus la première fois que vous le cherchez, lui répliqua l'amiral en riant.

Émilie rougit, son oncle se plut à la laisser quelque temps dans l'embarras ; puis il lui dit : – Émilie, vous savez que je vous aime comme mon enfant, précisément parce que vous êtes la seule de la famille qui ayez cet orgueil légitime que donne une haute naissance. Diantre ! ma petite-nièce, qui aurait cru que les bons principes deviendraient si rares ? Eh bien, je veux être votre confident. Ma chère petite, je vois que ce jeune gentilhomme ne vous est pas indifférent. Chut ! Ils se moqueraient de nous dans la famille si nous nous embarquions sous un méchant pavillon. Vous savez ce que cela veut dire. Ainsi laissez-moi vous aider, ma nièce. Gardons-nous tous deux le secret, et je vous promets de l'amener au milieu du salon.

– Et quand, mon oncle ?

– Demain.

– Mais, mon cher oncle, je ne serai obligée à rien ?

– À rien du tout, et vous pourrez le bombarder, l'incendier, et le laisser là comme une vieille caraque si cela vous plaît. Ce ne sera pas le premier, n'est-ce pas ?

– Êtes-vous bon, mon oncle !

Aussitôt que le comte fut rentré, il mit ses besicles, tira secrètement la carte de sa poche et lut : MAXIMILIEN LONGUEVILLE, RUE DU SENTIER.

– Soyez tranquille, ma chère nièce, dit-il à Émilie, vous pouvez le harponner en toute sécurité de conscience, il appartient à l'une de nos familles historiques ; et s'il n'est pas pair de France, il le sera infailliblement.

– D'où savez-vous tant de choses ?

– C'est mon secret.

– Vous connaissez donc son nom ?

Le comte inclina en silence sa tête grise qui ressemblait assez à un vieux tronc de chêne autour duquel auraient voltigé quelques feuilles roulées par le froid d'automne ; à ce signe, sa nièce vint essayer sur lui le pouvoir toujours neuf de ses coquetteries. Instruite dans l'art de cajoler le vieux marin, elle lui prodigua les caresses les plus enfantines, les paroles les plus tendres ; elle alla même jusqu'à l'embrasser, afin d'obtenir de lui la révélation d'un secret si important. Le vieillard, qui passait sa vie à faire jouer à sa nièce ces sortes de scènes, et qui les payait souvent par le prix d'une parure ou par l'abandon de sa loge aux Italiens, se complut cette fois à se laisser prier et surtout caresser. Mais, comme il faisait durer ses plaisirs trop longtemps, Émilie se fâcha, passa des caresses aux sarcasmes et bouda, puis elle revint dominée par la curiosité. Le marin diplomate obtint solennellement de sa nièce une promesse d'être à l'avenir plus réservée, plus douce, moins volontaire, de dépenser moins d'argent, et surtout de lui tout dire. Le traité conclu et signé par un baiser qu'il déposa sur le front blanc d'Émilie, il l'amena dans un coin du salon, l'assit sur ses genoux, plaça la carte sous ses deux pouces de manière à la cacher, découvrit lettre à lettre le nom de Longueville, et refusa fort obstinément d'en laisser voir davantage. Cet événement rendit le sentiment secret de mademoiselle de Fontaine plus intense. Elle déroula pendant une grande partie de la nuit les tableaux les plus brillants des rêves par lesquels elle avait nourri ses espérances. Enfin, grâce à ce hasard imploré si souvent, elle voyait maintenant tout autre chose qu'une chimère à la source des richesses imaginaires avec lesquelles elle dorait sa vie conjugale. Comme toutes les jeunes personnes, ignorant les dangers de l'amour et du mariage, elle se passionna pour les dehors trompeurs du mariage et de l'amour. N'est-ce pas dire que son sentiment naquit comme naissent presque tous ces caprices du premier âge, douces et cruelles erreurs qui exercent une si fatale influence sur l'existence des jeunes filles assez inexpérimentées pour ne s'en remettre qu'à elles-mêmes du soin de leur bonheur à venir ? Le lendemain matin, avant qu'Émilie fût réveillée, son oncle avait couru à Chevreuse. En reconnaissant dans la cour d'un élégant pavillon le jeune homme qu'il avait si résolument insulté la veille, il alla vers lui avec cette affectueuse politesse des vieillards de l'ancienne cour.

— Eh ! mon cher monsieur, qui aurait dit que je me ferais une affaire, à l'âge de soixante-treize ans, avec le fils ou le petit-fils d'un de mes meilleurs amis ? Je suis vice-amiral, monsieur. N'est-ce pas vous dire que je m'embarrasse aussi peu d'un duel que de fumer un cigare. Dans mon temps, deux jeunes gens ne pouvaient devenir intimes qu'après avoir vu la couleur de leur sang. Mais, ventre-de-biche ! hier, j'avais, en ma qualité de marin, embarqué un peu trop de rhum à bord, et j'ai sombré sur vous. Touchez là ! j'aimerais mieux recevoir cent rebuffades d'un Longueville que de causer la moindre peine à sa famille.

Quelque froideur que le jeune homme s'efforçât de marquer au comte de Kergarouët, il ne put longtemps tenir à la franche bonté de ses manières, et se laissa serrer la main.

— Vous alliez monter à cheval, dit le comte, ne vous gênez pas. Mais à moins que vous n'ayez des projets, venez avec moi, je vous invite à dîner aujourd'hui au pavillon Planat. Mon neveu, le comte de Fontaine, est un homme essentiel à connaître. Ah ! je prétends, morbleu, vous dédommager de ma brusquerie en vous présentant à cinq des plus jolies femmes de Paris. Hé ! hé ! jeune homme, votre front se déride. J'aime les jeunes gens, et j'aime à les voir heureux. Leur bonheur me rappelle les bienfaisantes années de ma jeunesse où les aventures ne manquaient pas plus que les duels. On était gai, alors ! Aujourd'hui, vous raisonnez, et l'on s'inquiète de tout, comme s'il n'y avait eu ni quinzième ni seizième siècles.

– Mais, monsieur, n'avons-nous pas raison ! Le seizième siècle n'a donné que la liberté religieuse à l'Europe, et le dix-neuvième lui donnera la liberté pol…

– Ah ! ne parlons pas politique. Je suis une ganache d'ultra, voyez-vous. Mais je n'empêche pas les jeunes gens d'être révolutionnaires, pourvu qu'ils laissent au Roi la liberté de dissiper leurs attroupements.

À quelques pas de là, lorsque le comte et son jeune compagnon furent au milieu des bois, le marin avisa un jeune bouleau assez mince, arrêta son cheval, prit un de ses pistolets, et la balle alla se loger au milieu de l'arbre à quinze pas de distance.

– Vous voyez, mon cher, que je ne crains pas un duel, dit-il avec une gravité comique en regardant monsieur Longueville.

– Ni moi non plus, reprit ce dernier qui arma promptement son pistolet, visa le trou fait par la balle du comte, et plaça la sienne près de ce but.

– Voilà ce qui s'appelle un jeune homme bien élevé, s'écria le marin avec une sorte d'enthousiasme.

Pendant la promenade qu'il fit avec celui qu'il regardait déjà comme son neveu, il trouva mille occasions de l'interroger sur toutes les bagatelles dont la parfaite connaissance constituait, selon son code particulier, un gentilhomme accompli.

– Avez-vous des dettes ? demanda-t-il enfin à son compagnon après bien des questions.

– Non, monsieur.

– Comment ! vous payez tout ce qui vous est fourni ?

– Exactement, monsieur ; autrement, nous perdrions tout crédit et toute espèce de considération.

– Mais au moins vous avez plus d'une maîtresse ? Ah ! vous rougissez, mon camarade ?... les mœurs ont bien changé. Avec ces idées d'ordre légal, de kantisme et de liberté, la jeunesse s'est gâtée. Vous n'avez ni Guimard, ni Duthé, ni créanciers, et vous ne savez pas le blason ; mais, mon jeune ami, vous n'êtes pas élevé ! Sachez que celui qui ne fait pas ses folies au printemps les fait en hiver. Si j'ai quatre-vingt mille livres de rente à soixante-dix ans, c'est que j'en ai mangé le capital à trente ans... Oh ! avec ma femme, en tout bien tout honneur. Néanmoins, vos imperfections ne m'empêcheront pas de vous annoncer au pavillon Planat. Songez que vous m'avez promis d'y venir, et je vous y attends.

– Quel singulier petit vieillard, se dit le jeune Longueville, il est vert et gaillard ; mais quoiqu'il veuille paraître bon homme, je ne m'y fierai pas.

Le lendemain, vers quatre heures, au moment où la compagnie était éparse dans les salons ou au billard, un domestique annonça aux habitants du pavillon Planat : Monsieur de Longueville. Au nom du favori du vieux comte de Kergarouët, tout le monde, jusqu'au joueur qui allait manquer une bille, accourut, autant pour observer la contenance de mademoiselle de Fontaine que pour juger le phénix humain qui avait mérité une mention honorable au détriment de tant de rivaux. Une mise aussi élégante que simple, des manières pleines d'aisance, des formes polies, une voix douce et d'un timbre qui faisait vibrer les cordes du cœur, concilièrent à monsieur Longueville la bienveillance de toute la famille. Il ne sembla pas étranger au luxe de la demeure du fastueux receveur-général. Quoique sa conversation fût celle d'un homme du monde, chacun put facilement deviner qu'il avait reçu la plus brillante éducation et que ses connaissances étaient aussi solides qu'étendues. Il trouva si bien le mot propre dans une discussion assez légère suscitée par le vieux marin sur les constructions navales, qu'une des femmes fit observer qu'il semblait être sorti de l'École Polytechnique.

– Je crois, madame, répondit-il, qu'on peut regarder comme un titre de gloire d'y être entré.

Malgré toutes les instances qui lui furent faites, il se refusa avec politesse, mais avec fermeté, au désir qu'on lui témoigna de le garder à dîner, et arrêta les observations des dames en disant qu'il était l'Hippocrate d'une jeune sœur dont la santé délicate exigeait beaucoup de soins.

– Monsieur est sans doute médecin ? demanda avec ironie une des belles-sœurs d'Émilie.

– Monsieur est sorti de l'École Polytechnique, répondit avec bonté mademoiselle de Fontaine dont la figure s'anima des teintes les plus riches au moment où elle apprit que la jeune fille du bal était la sœur de monsieur Longueville.

– Mais, ma chère, on peut être médecin et avoir été à l'École Polytechnique, n'est-ce pas, monsieur ?

– Madame, rien ne s'y oppose, répondit le jeune homme.

Tous les yeux se portèrent sur Émilie qui regardait alors avec une sorte de curiosité inquiète le séduisant inconnu. Elle respira plus librement quand il ajouta, non sans un sourire : – Je n'ai pas l'honneur d'être médecin, madame, et j'ai même renoncé à entrer dans le service des ponts-et-chaussées afin de conserver mon indépendance.

– Et vous avez bien fait, dit le comte. Mais comment pouvez-vous regarder comme un honneur d'être médecin ? ajouta le noble Breton. Ah ! mon jeune ami, pour un homme comme vous…

– Monsieur le comte, je respecte infiniment toutes les professions qui ont un but d'utilité.

– Eh ! nous sommes d'accord : vous respectez ces professions-là, j'imagine, comme un jeune homme respecte une douairière.

La visite de monsieur Longueville ne fut ni trop longue, ni trop courte. Il se retira au moment où il s'aperçut qu'il avait plu à tout le monde, et que la curiosité de chacun s'était éveillée sur son compte.

– C'est un rusé compère, dit le comte en rentrant au salon après l'avoir reconduit.

Mademoiselle de Fontaine, qui seule était dans le secret de cette visite, avait fait une toilette assez recherchée pour attirer les regards du jeune homme ; mais elle eut le petit chagrin de voir qu'il ne lui accorda pas autant d'attention qu'elle croyait en mériter. La famille fut assez surprise du silence dans lequel elle s'était renfermée. Émilie déployait ordinairement pour les nouveaux venus sa coquetterie, son babil spirituel, et l'inépuisable éloquence de ses regards et de ses attitudes. Soit que la voix mélodieuse du jeune homme et l'attrait de ses manières l'eussent charmée, qu'elle aimât sérieusement, et que ce sentiment eût opéré en elle un changement, son maintien perdit toute affectation. Devenue simple et naturelle, elle dut sans doute paraître plus belle. Quelques-unes de ses sœurs et une vieille dame, amie de la famille, virent un raffinement de coquetterie dans cette conduite. Elles supposèrent que, jugeant le jeune homme digne d'elle, Émilie se proposait peut-être de ne montrer que lentement ses avantages, afin de l'éblouir tout à coup, au moment où elle lui aurait plu. Toutes les personnes de la famille étaient curieuses de savoir ce que cette capricieuse fille pensait de cet étranger ; mais lorsque, pendant le dîner, chacun prit plaisir à doter monsieur Longueville d'une qualité nouvelle, en prétendant l'avoir seul découverte, mademoiselle de Fontaine resta muette pendant quelque temps. Un léger sarcasme de son oncle la réveilla tout à coup de son apathie ; elle dit d'une manière assez épigrammatique que cette perfection céleste devait couvrir quelque grand défaut, et qu'elle se garderait bien de juger à la première vue un homme qui paraissait être si habile. Elle ajouta que ceux qui plaisaient ainsi à tout le monde ne plaisaient à personne, et que le pire de tous les défauts était de n'en avoir aucun. Comme toutes les jeunes filles qui aiment, elle caressait l'espérance de pouvoir cacher son sentiment au fond de son cœur en donnant le change aux Argus qui l'entouraient ; mais, au bout d'une quinzaine de jours, il n'y eut pas un des membres de cette nombreuse famille qui ne fût initié dans ce petit secret domestique. À la troisième visite que fit monsieur Longueville, Émilie crut y être pour beaucoup. Cette découverte lui causa un plaisir si enivrant, qu'elle l'étonna quand elle put réfléchir. Il y avait là quelque chose de pénible pour son orgueil. Habituée à se faire le centre du monde, elle était obligée de reconnaître une force qui l'attirait hors d'elle-même. Elle essaya de se révolter, mais elle ne put chasser de son cœur la séduisante image du jeune homme. Puis vinrent bientôt des inquiétudes. En effet, deux qualités de monsieur Longueville très-contraires à la curiosité générale, et surtout à celle de mademoiselle de Fontaine, étaient une discrétion et une modestie inattendues. Il ne parlait jamais ni de lui, ni de ses occupations, ni de sa famille. Les finesses qu'Émilie semait dans sa conversation et les pièges qu'elle y tendait pour arracher à ce jeune homme des détails sur lui-même, il savait les déconcerter avec l'adresse d'un diplomate qui veut cacher des secrets. Parlait-elle peinture, monsieur

Longueville répondait en connaisseur. Faisait-elle de la musique, le jeune homme prouvait sans fatuité qu'il était assez fort sur le piano. Un soir, il enchanta toute la compagnie, en mariant sa voix délicieuse à celle d'Émilie dans un des plus beaux duos de Cimarosa ; mais quand on essaya de s'informer s'il était artiste, il plaisanta avec tant de grâce, qu'il ne laissa pas à ces femmes si exercées dans l'art de deviner les sentiments, la possibilité de découvrir à quelle sphère sociale il appartenait. Avec quelque courage que le vieil oncle jetât le grappin sur ce bâtiment, Longueville s'esquivait avec souplesse afin de se conserver le charme du mystère ; et il lui fut d'autant plus facile de rester le bel inconnu au pavillon Planat, que la curiosité n'y excédait pas les bornes de la politesse. Émilie, tourmentée de cette réserve, espéra tirer meilleur parti de la sœur que du frère pour ces sortes de confidences. Secondée par son oncle, qui s'entendait aussi bien à cette manœuvre qu'à celle d'un bâtiment, elle essaya de mettre en scène le personnage jusqu'alors muet de mademoiselle Clara Longueville. La société du pavillon manifesta bientôt le plus grand désir de connaître une si aimable personne, et de lui procurer quelque distraction. Un bal sans cérémonie fut proposé et accepté. Les dames ne désespérèrent pas complètement de faire parler une jeune fille de seize ans.

Malgré ces petits nuages amoncelés par le soupçon et créés par la curiosité, une vive lumière pénétrait l'âme de mademoiselle de Fontaine qui jouissait délicieusement de l'existence en la rapportant à un autre qu'à elle. Elle commençait à concevoir les rapports sociaux. Soit que le bonheur nous rende meilleurs, soit qu'elle fût trop occupée pour tourmenter les autres, elle devint moins caustique, plus indulgente, plus douce. Le changement de son caractère enchanta sa famille étonnée. Peut-être, après tout, son égoïsme se métamorphosait-il en amour. Attendre l'arrivée de son timide et secret adorateur était une joie profonde. Sans qu'un seul mot de passion eût été prononcé entre eux, elle se savait aimée, et avec quel art ne se plaisait-elle pas à faire déployer au jeune inconnu les trésors d'une instruction qui se montra variée ! Elle s'aperçut qu'elle aussi était observée avec soin, et alors elle essaya de vaincre tous les défauts que son éducation avait laissés croître en elle. N'était-ce pas déjà un premier hommage rendu à l'amour, et un reproche cruel qu'elle s'adressait à elle-même ? Elle voulait plaire, elle enchanta ; elle aimait, elle fut idolâtrée. Sa famille, sachant qu'elle était gardée par son orgueil, lui donnait assez de liberté pour qu'elle pût savourer ces petites félicités enfantines qui donnent tant de charme et de violence aux premières amours. Plus d'une fois, le jeune homme et mademoiselle de Fontaine se promenèrent seuls dans les allées de ce parc où la nature était parée comme une femme qui va au bal. Plus d'une fois, ils eurent de ces entretiens sans but ni physionomie dont les phrases les plus vides de sens sont celles qui cachent le plus de sentiments. Ils admirèrent souvent ensemble le soleil couchant et ses riches couleurs. Ils cueillirent des marguerites pour les effeuiller, et chantèrent les duos les plus passionnés en se servant des notes trouvées par Pergolèse ou par Rossini, comme de truchements fidèles pour exprimer leurs secrets.

Le jour du bal arriva. Clara Longueville et son frère, que les valets s'obstinaient à décorer de la noble particule, en furent les héros. Pour la première fois de sa vie, mademoiselle de Fontaine vit le triomphe d'une jeune fille avec plaisir. Elle prodigua sincèrement à Clara ces caresses gracieuses et ces petits soins que les femmes ne se rendent ordinairement entre elles que pour exciter la jalousie des hommes. Mais Émilie avait un but, elle voulait surprendre des secrets. La réserve de mademoiselle Longueville fut au moins égale à celle de son frère ; mais, en sa qualité de fille, peut-être montra-t-elle plus de finesse et d'esprit que lui, car elle n'eut pas même l'air d'être discrète et sut tenir la conversation sur des sujets étrangers aux intérêts matériels, tout en y jetant un si grand charme que mademoiselle de Fontaine en conçut une sorte d'envie, et surnomma Clara la sirène. Quoique Émilie eût formé le dessein de faire causer Clara, ce fut Clara qui interrogea Émilie ; elle voulait la juger, et fut jugée par elle. Elle se dépita souvent d'avoir laissé percer son caractère dans quelques réponses que lui arracha malicieusement Clara dont l'air modeste et candide éloignait tout soupçon de perfidie. Il y eut un moment où mademoiselle de Fontaine parut fâchée d'avoir fait contre les roturiers une imprudente sortie provoquée par Clara.

– Mademoiselle, lui dit cette charmante créature, j'ai tant entendu parler de vous par Maximilien, que j'avais le plus vif désir de vous connaître par attachement pour lui ; mais vouloir vous connaître, n'est-ce pas vouloir vous aimer ?

– Ma chère Clara, j'avais peur de vous déplaire en parlant ainsi de ceux qui ne sont pas nobles.

– Oh ! rassurez-vous. Aujourd'hui, ces sortes de discussions sont sans objet. Quant à moi, elles ne m'atteignent pas : je suis en dehors de la question.

Quelque ambitieuse que fût cette réponse, mademoiselle de Fontaine en ressentit une joie profonde ; car, semblable à tous les gens passionnés, elle s'expliqua comme s'expliquent les oracles, dans le sens qui s'accordait avec ses désirs, et revint à la danse plus joyeuse que jamais en regardant Longueville dont les formes, dont l'élégance surpassaient peut-être celles de son type imaginaire. Elle ressentit une satisfaction de plus en songeant qu'il était noble, ses yeux noirs scintillèrent, elle dansa avec tout le plaisir qu'on y trouve en présence de celui qu'on aime. Jamais les deux amants ne s'entendirent mieux qu'en ce moment ; et plus d'une fois ils sentirent le bout de leurs doigts frémir et trembler lorsque les lois de la contredanse les mariaient.

Ce joli couple atteignit le commencement de l'automne au milieu des fêtes et des plaisirs de la campagne, en se laissant doucement abandonner au courant du sentiment le plus doux de la vie, en le fortifiant par mille petits accidents que chacun peut imaginer : les amours se ressemblent toujours en quelques points. L'un et l'autre, ils s'étudiaient, autant que l'on peut s'étudier quand on aime.

– Enfin, jamais amourette n'a si promptement tourné en mariage d'inclination, disait le vieil oncle qui suivait les deux jeunes gens de l'œil comme un naturaliste examine un insecte au microscope.

Ce mot effraya monsieur et madame de Fontaine. Le vieux Vendéen cessa d'être aussi indifférent au mariage de sa fille qu'il avait naguère promis de l'être. Il alla chercher à Paris des renseignements et n'en trouva pas. Inquiet de ce mystère, et ne sachant pas encore quel serait le résultat de l'enquête qu'il avait prié un administrateur parisien de lui faire sur la famille Longueville, il crut devoir avertir sa fille de se conduire prudemment. L'observation paternelle fut reçue avec une feinte obéissance pleine d'ironie.

– Au moins, ma chère Émilie, si vous l'aimez, ne le lui avouez pas !

– Mon père, il est vrai que je l'aime, mais j'attendrai pour le lui dire que vous me le permettiez.

– Cependant, Émilie, songez que vous ignorez encore quelle est sa famille, son état.

– Si je l'ignore, je le veux bien. Mais, mon père, vous avez souhaité me voir mariée, vous m'avez donné la liberté de faire un choix, le mien est fait irrévocablement, que faut-il de plus ?

– Il faut savoir, ma chère enfant, si celui que tu as choisi est fils d'un pair de France, répondit ironiquement le vénérable gentilhomme.

Émilie resta un moment silencieuse. Elle releva bientôt la tête, regarda son père, et lui dit avec une sorte d'inquiétude : – Est-ce que les Longueville ?…

– Sont éteints en la personne du vieux duc de Rostein-Limbourg, qui a péri sur l'échafaud en 1793. Il était le dernier rejeton de la dernière branche cadette.

– Mais, mon père, il y a de fort bonnes maisons issues de bâtards. L'histoire de France fourmille de princes qui mettaient des barres à leur écu.

– Tes idées ont bien changé, dit le vieux gentilhomme en souriant.

Le lendemain était le dernier jour que la famille Fontaine dût passer au pavillon Planat. Émilie, que l'avis de son père avait fortement inquiétée, attendit avec une vive impatience l'heure à laquelle le jeune Longueville avait l'habitude de venir, afin d'obtenir de lui une explication. Elle sortit après le dîner et alla se promener seule dans le parc en se dirigeant vers le bosquet aux confidences où elle savait que l'empressé jeune homme la chercherait ; et tout en courant, elle songeait à la meilleure manière de surprendre, sans se compromettre, un secret si important : chose assez difficile ! Jusqu'à présent, aucun aveu direct n'avait sanctionné le sentiment qui l'unissait à cet inconnu. Elle avait secrètement joui, comme Maximilien, de la douceur d'un premier amour ; mais aussi fiers l'un que l'autre, il semblait que chacun d'eux craignît d'avouer qu'il aimât.

Maximilien Longueville, à qui Clara avait inspiré sur le caractère d'Émilie des soupçons assez fondés, se trouvait tour à tour emporté par la violence d'une passion de jeune homme, et retenu par le désir de connaître et d'éprouver la femme à laquelle il devait confier son bonheur. Son amour ne l'avait pas empêché de reconnaître en Émilie les préjugés qui gâtaient ce jeune caractère ; mais il désirait savoir s'il était aimé d'elle avant de les combattre, car il ne voulait pas plus hasarder le sort de son amour que celui de sa vie. Il s'était donc constamment tenu dans un silence que ses regards, son attitude et ses moindres actions démentaient. De l'autre côté, la fierté naturelle à une jeune fille, encore augmentée chez mademoiselle de Fontaine par la sotte vanité que lui donnaient sa naissance et sa beauté, l'empêchait d'aller au-devant d'une déclaration qu'une passion croissante lui persuadait quelquefois de solliciter. Aussi les deux amants avaient-ils instinctivement compris leur situation sans s'expliquer leurs secrets motifs. Il est des moments de la vie où le vague plaît à de jeunes âmes. Par cela même que l'un et l'autre avaient trop tardé de parler, ils semblaient tous deux se faire un jeu cruel de leur attente. L'un cherchait à découvrir s'il était aimé par l'effort que coûterait un aveu à son orgueilleuse maîtresse, l'autre espérait voir rompre à tout moment un trop respectueux silence.

Assise sur un banc rustique, Émilie songeait aux événements qui venaient de se passer pendant ces trois mois pleins d'enchantements. Les soupçons de son père étaient les dernières craintes qui pouvaient l'atteindre, elle en fit même justice par deux ou trois de ces réflexions de jeune fille inexpérimentée qui lui semblèrent victorieuses. Avant tout, elle convint avec elle-même qu'il était impossible qu'elle se trompât. Durant toute la saison, elle n'avait pu apercevoir en Maximilien, ni un seul geste, ni une seule parole qui indiquassent une origine ou des occupations communes ; bien mieux, sa manière de discuter décelait un homme occupé des hauts intérêts du pays. – D'ailleurs, se dit-elle, un homme de bureau, un financier ou un commerçant n'aurait pas eu le loisir de rester une saison entière à me faire la cour au milieu des champs et des bois, en dispensant son temps aussi libéralement qu'un noble qui a devant lui toute une vie libre de soins. Elle s'abandonnait au cours d'une méditation beaucoup plus intéressante pour elle que ces pensées préliminaires, quand un léger bruissement du feuillage lui annonça que depuis un moment Maximilien la contemplait sans doute avec admiration.

– Savez-vous que cela est fort mal de surprendre ainsi les jeunes filles ? lui dit-elle en souriant.

– Surtout lorsqu'elles sont occupées de leurs secrets, répondit finement Maximilien.

– Pourquoi n'aurais-je pas les miens ? vous avez bien les vôtres !

– Vous pensiez donc réellement à vos secrets ? reprit-il en riant.

– Non, je songeais aux vôtres. Les miens, je les connais.

– Mais, s'écria doucement le jeune homme en saisissant le bras de mademoiselle de Fontaine et le mettant sous le sien, peut-être mes secrets sont-ils les vôtres, et vos secrets les miens.

Après avoir fait quelques pas, ils se trouvèrent sous un massif d'arbres que les couleurs du couchant enveloppaient comme d'un nuage rouge et brun. Cette magie naturelle imprima une sorte de solennité à ce moment. L'action vive et libre du jeune homme, et surtout l'agitation de son cœur bouillant dont les pulsations précipitées parlaient au bras d'Émilie, la jetèrent dans une exaltation d'autant plus pénétrante qu'elle ne fut excitée que par les accidents les plus simples et les plus innocents. La réserve dans laquelle vivent les jeunes filles du grand monde donne une force incroyable aux explosions de leurs sentiments, et c'est un des plus grands dangers qui puissent les atteindre quand elles rencontrent un amant passionné. Jamais les yeux d'Émilie et de Maximilien n'avaient dit tant de ces choses qu'on n'ose pas dire. En proie à cette ivresse, ils oublièrent aisément les petites stipulations de l'orgueil et les froides considérations de la défiance. Ils ne purent même s'exprimer d'abord que par un serrement de mains qui servit d'interprète à leurs joyeuses pensées.

– Monsieur, j'ai une question à vous faire, dit en tremblant et d'une voix émue mademoiselle de Fontaine après un long silence et après avoir fait quelques pas avec une certaine lenteur. Mais songez, de grâce, qu'elle m'est en quelque sorte commandée par la situation assez étrange où je me trouve vis-à-vis de ma famille.

Une pause effrayante pour Émilie succéda à ces phrases qu'elle avait presque bégayées. Pendant le moment que dura le silence, cette jeune fille si fière n'osa soutenir le regard éclatant de celui qu'elle aimait, car elle avait un secret sentiment de la bassesse des mots suivants qu'elle ajouta : – Êtes-vous noble ?

Quand ces dernières paroles furent prononcées, elle aurait voulu être au fond d'un lac.

– Mademoiselle, reprit gravement Longueville dont la figure altérée contracta une sorte de dignité sévère, je vous promets de répondre sans détour à cette demande quand vous aurez répondu avec sincérité à celle que je vais vous faire. Il quitta le bras de la jeune fille, qui tout à coup se crut seule dans la vie et lui dit : – Dans quelle intention me questionnez-vous sur ma naissance ? Elle demeura immobile, froide et muette. – Mademoiselle, reprit Maximilien, n'allons pas plus loin si nous ne nous comprenons pas. – Je vous aime, ajouta-t-il d'un son de voix profond et attendri. Eh bien ! reprit-il d'un air joyeux après avoir entendu l'exclamation de bonheur que ne put retenir la jeune fille, pourquoi me demander si je suis noble ?

– Parlerait-il ainsi s'il ne l'était pas ? s'écria une voix intérieure qu'Émilie crut sortie du fond de son cœur. Elle releva gracieusement la tête, sembla puiser une nouvelle vie dans le regard du jeune homme et lui tendit le bras comme pour faire une nouvelle alliance.

– Vous avez cru que je tenais beaucoup à des dignités, demanda-t-elle avec une finesse malicieuse.

– Je n'ai pas de titres à offrir à ma femme, répondit-il d'un air moitié gai, moitié sérieux. Mais si je la prends dans un haut rang et parmi celles que la fortune paternelle habitue au luxe et aux plaisirs de l'opulence, je sais à quoi ce choix m'oblige. L'amour donne tout, ajouta-t-il avec gaieté, mais aux amants seulement. Quant aux époux, il leur faut un peu plus que le dôme du ciel et le tapis des prairies.

– Il est riche, pensa-t-elle. Quant aux titres, peut-être veut-il m'éprouver ! On lui aura dit que j'étais entichée de noblesse, et que je ne voulais épouser qu'un pair de France. Mes bégueules de sœurs m'auront joué ce tour-là. – Je vous assure, monsieur, dit-elle à haute voix, que j'ai eu des idées bien exagérées sur la vie et le monde ; mais aujourd'hui, reprit-elle avec intention en le regardant d'une manière à le rendre fou, je sais où sont pour une femme les véritables richesses.

– J'ai besoin de croire que vous parlez à cœur ouvert, répondit-il avec une gravité douce. Mais cet hiver, ma chère Émilie, dans moins de deux mois peut-être, je serai fier de ce que je pourrai vous offrir, si vous tenez aux jouissances de la fortune. Ce sera le seul secret que je garderai là, dit-il en montrant son cœur ; car de sa réussite dépend mon bonheur, je n'ose dire le nôtre…

– Oh dites, dites !

Ce fut au milieu des plus doux propos qu'ils revinrent à pas lents rejoindre la compagnie au salon. Jamais mademoiselle de Fontaine ne trouva son prétendu plus aimable, ni plus spirituel : ses formes sveltes, ses manières engageantes lui semblèrent plus charmantes encore depuis une conversation qui venait en quelque sorte de lui confirmer la possession d'un cœur digne d'être envié par toutes les femmes. Ils chantèrent un duo italien avec tant d'expression, que l'assemblée les applaudit avec enthousiasme. Leur adieu prit un accent de convention sous lequel ils cachèrent leur bonheur. Enfin, cette journée devint pour la jeune fille comme une chaîne qui la lia plus étroitement encore à la destinée de l'inconnu. La force et la dignité qu'il venait de déployer dans la scène où ils s'étaient révélé leurs sentiments avaient peut-être imposé à mademoiselle de Fontaine ce respect sans lequel il n'existe pas de véritable amour. Lorsqu'elle resta seule avec son père dans le salon, le vénérable Vendéen s'avança vers elle, lui prit affectueusement les mains, et lui demanda si elle avait acquis quelque lumière sur la fortune et sur la famille de monsieur Longueville.

– Oui, mon cher père, répondit-elle, je suis plus heureuse que je ne pouvais le désirer. Enfin monsieur de Longueville est le seul homme que je veuille épouser.

– C'est bien, Émilie, reprit le comte, je sais ce qu'il me reste à faire.

– Connaîtriez-vous quelque obstacle ? demanda-t-elle avec une véritable anxiété.

– Ma chère enfant, ce jeune homme est absolument inconnu ; mais, à moins que ce ne soit un malhonnête homme, du moment où tu l'aimes, il m'est aussi cher qu'un fils.

– Un malhonnête homme ? reprit Émilie, je suis bien tranquille. Mon oncle, qui nous l'a présenté, peut vous répondre de lui. Dites, cher oncle, a-t-il été flibustier, forban, corsaire ?

– Je savais bien que j'allais me trouver là, s'écria le vieux marin en se réveillant.

Il regarda dans le salon, mais sa nièce avait disparu comme un feu Saint-Elme, pour se servir de son expression habituelle.

– Eh bien, mon oncle ! reprit monsieur de Fontaine, comment avez-vous pu nous cacher tout ce que vous saviez sur ce jeune homme ? Vous avez cependant dû vous apercevoir de nos inquiétudes. Monsieur Longueville est-il de bonne famille ?

– Je ne le connais ni d'Ève ni d'Adam, s'écria le comte de Kergarouët.

Me fiant au tact de cette petite folle, je lui ai amené son Saint-Preux par un moyen à moi connu. Je sais que ce garçon tire le pistolet admirablement, chasse très-bien, joue merveilleusement au billard, aux échecs et au tric-trac ; il fait des armes et monte à cheval comme feu le chevalier de Saint-Georges. Il a une érudition corsée relativement à nos vignobles. Il calcule comme Barême, dessine, danse et chante bien. Eh ! diantre, qu'avez-vous donc, vous autres ? Si ce n'est pas là un gentilhomme parfait, montrez-moi un bourgeois qui sache tout cela, trouvez-moi un homme qui vive aussi noblement que lui ? Fait-il quelque chose ? Compromet-il sa dignité à aller dans des bureaux, à se courber devant des parvenus que vous appelez des directeurs-généraux ? Il marche droit. C'est un homme. Mais, au surplus, je viens de retrouver dans la poche de mon gilet la carte qu'il m'a donnée quand il croyait que je voulais lui couper la gorge, pauvre innocent ! La jeunesse d'aujourd'hui n'est guère rusée. Tenez, voici.

– Rue du Sentier, n°5, dit monsieur de Fontaine en cherchant à se rappeler parmi tous les renseignements qu'il avait obtenus celui qui pouvait concerner le jeune inconnu. Que diable cela signifie-t-il ? Messieurs Palma, Werbrust et compagnie, dont le principal commerce est celui des mousselines, calicots et toiles peintes en gros, demeurent là. Bon, j'y suis ! Longueville, le député, a un intérêt dans leur maison. Oui ; mais je ne connais à Longueville qu'un fils de trente-deux ans, qui ne ressemble pas du tout au nôtre et auquel il donne cinquante mille livres de rente en mariage afin de lui faire épouser la fille d'un ministre ; il a envie d'être fait pair tout comme un autre. Jamais je ne lui ai entendu parler de ce Maximilien. A-t-il une fille ? Qu'est-ce que cette Clara ? Au surplus, permis à plus d'un intrigant de s'appeler Longueville. Mais la maison Palma, Werbrust et compagnie n'est-elle pas à moitié ruinée par une spéculation au Mexique ou aux Indes ? J'éclaircirai tout cela.

– Tu parles tout seul comme si tu étais sur un théâtre, et tu parais me compter pour zéro, dit tout à coup le vieux marin. Tu ne sais donc pas que s'il est gentilhomme, j'ai plus d'un sac dans mes écoutilles pour parer à son défaut de fortune ?

– Quant à cela, s'il est fils de Longueville, il n'a besoin de rien ; mais, dit monsieur de Fontaine en agitant la tête de droite à gauche, son père n'a même pas acheté de savonnette à vilain. Avant la révolution, il était procureur ; et le de qu'il a pris depuis la restauration lui appartient tout autant que la moitié de sa fortune.

– Bah ! bah ! heureux ceux dont les pères ont été pendus, s'écria gaiement le marin.

Trois ou quatre jours après cette mémorable journée, et dans une de ces belles matinées du mois de novembre qui font voir aux Parisiens leurs boulevards nettoyés soudain par le froid piquant d'une première gelée, mademoiselle de Fontaine, parée d'une fourrure nouvelle qu'elle voulait mettre à la mode, était sortie avec deux de ses belles-sœurs sur lesquelles elle avait jadis décoché le plus d'épigrammes. Ces trois femmes étaient bien moins invitées à cette promenade parisienne par l'envie d'essayer une voiture très-élégante et des robes qui devaient donner le ton aux modes de l'hiver que par le désir de voir une pèlerine qu'une de leurs amies avait remarquée dans un riche magasin de lingerie situé au coin de la rue de la Paix. Quand les trois dames furent entrées dans la boutique, madame la baronne de Fontaine tira Émilie par la manche et lui montra Maximilien Longueville assis dans le comptoir et occupé à rendre avec une grâce mercantile la monnaie d'une pièce d'or à la lingère avec laquelle il semblait en conférence. Le bel inconnu tenait à la main quelques échantillons qui ne laissaient aucun doute sur son honorable profession. Sans qu'on pût s'en apercevoir, Émilie fut saisie d'un frisson glacial. Cependant, grâce au savoir-vivre de la bonne compagnie, elle dissimula parfaitement la rage qu'elle avait dans le cœur, et répondit à sa sœur un : – Je le savais ! dont la richesse d'intonation et l'accent inimitable eussent fait envie à la plus célèbre actrice de ce temps. Elle s'avança vers le comptoir. Longueville leva la tête, mit les échantillons dans sa poche avec grâce et avec un sang-froid désespérant, salua mademoiselle de Fontaine et s'approcha d'elle en lui jetant un regard pénétrant.

– Mademoiselle, dit-il à la lingère qui l'avait suivi d'un air très-inquiet, j'enverrai régler ce compte ; ma maison le veut ainsi. Mais, tenez, ajouta-t-il à l'oreille de la jeune femme en lui remettant un billet de mille francs, prenez : ce sera une affaire entre nous. – Vous me pardonnerez, j'espère, mademoiselle, dit-il en se retournant vers Émilie. Vous aurez la bonté d'excuser la tyrannie qu'exercent les affaires.

– Mais il me semble, monsieur, que cela m'est fort indifférent, répondit mademoiselle de Fontaine en le regardant avec une assurance et un air d'insouciance moqueuse qui pouvaient faire croire qu'elle le voyait pour la première fois.

– Parlez-vous sérieusement ? demanda Maximilien d'une voix entrecoupée.

Émilie lui avait tourné le dos avec une incroyable impertinence. Ce peu de mots, prononcés à voix basse, avait échappé à la curiosité des deux belles-sœurs. Quand, après avoir pris la pèlerine, les trois dames furent remontées en voiture, Émilie, qui se trouvait assise sur le devant, ne put s'empêcher d'embrasser par son dernier regard la profondeur de cette odieuse boutique où elle vit Maximilien debout et les bras croisés, dans l'attitude d'un homme supérieur au malheur qui l'atteignait si subitement. Leurs yeux se rencontrèrent et se lancèrent deux regards implacables. Chacun d'eux espéra qu'il blessait cruellement le cœur qu'il aimait. En un moment tous deux se trouvèrent aussi loin l'un de l'autre que s'ils eussent été, l'un à la Chine et l'autre au Groënland. La vanité n'a-t-elle pas un souffle qui dessèche tout ? En proie au plus violent combat qui puisse agiter le cœur d'une jeune fille, mademoiselle de Fontaine recueillit la plus ample moisson de douleurs que jamais les préjugés et les petitesses aient semée dans une âme humaine. Son visage, frais et velouté naguère, était sillonné de tons jaunes, de taches rouges, et parfois les teintes blanches de ses joues verdissaient soudain. Dans l'espoir de dérober son trouble à ses sœurs, elle leur montrait en riant ou un passant ou une toilette ridicule ; mais ce rire était convulsif. Elle se sentait plus vivement blessée de la compassion silencieuse de ses sœurs que des épigrammes par lesquelles elles auraient pu se venger. Elle employa tout son esprit à les entraîner dans une conversation où elle essaya d'exhaler sa colère par des paradoxes insensés, en accablant les négociants des injures les plus piquantes et d'épigrammes de mauvais ton. En rentrant, elle fut saisie d'une fièvre dont le caractère eut d'abord quelque chose de dangereux. Au bout d'un mois, les soins de ses parents, ceux du médecin, la rendirent aux vœux de sa famille. Chacun espéra que cette leçon pourrait servir à dompter le caractère d'Émilie, qui reprit insensiblement ses anciennes habitudes et s'élança de nouveau dans le monde. Elle prétendit qu'il n'y avait pas de honte à se tromper. Si, comme son père, elle avait quelque influence à la chambre, disait-elle, elle provoquerait une loi pour obtenir que les commerçants, surtout les marchands de calicot, fussent marqués au front comme les moutons du Berri, jusqu'à la troisième génération. Elle voulait que les nobles eussent seuls le droit de porter ces anciens habits français qui allaient si bien aux courtisans de Louis XV. C'était peut-être, à l'entendre, un malheur pour la monarchie qu'il n'y eût aucune différence entre un marchand et un pair de France. Mille autres plaisanteries, faciles à deviner, se succédaient rapidement quand un accident imprévu la mettait sur ce sujet. Mais ceux qui aimaient Émilie remarquaient à travers ses railleries une teinte de mélancolie qui leur fit croire que Maximilien Longueville régnait toujours au fond de ce cœur inexplicable. Parfois elle devenait douce comme pendant la saison fugitive qui vit naître son amour, et parfois aussi elle se montrait plus insupportable qu'elle ne l'avait jamais été. Chacun excusait en silence les inégalités d'une humeur qui prenait sa source dans une souffrance à la fois secrète et connue. Le comte de Kergarouët obtint un peu d'empire sur elle, grâce à un surcroît de prodigalités, genre de consolation qui manque rarement son effet sur les jeunes Parisiennes. La première fois que mademoiselle de Fontaine alla au bal, ce fut chez l'ambassadeur de

Naples. Au moment où elle prit place au plus brillant des quadrilles, elle aperçut à quelques pas d'elle Longueville qui fit un léger signe de tête à son danseur.

– Ce jeune homme est un de vos amis, demanda-t-elle à son cavalier d'un air de dédain.

– C'est mon frère, répondit-il.

Émilie ne put s'empêcher de tressaillir.

– Ah ! reprit-il d'un ton d'enthousiasme, c'est bien la plus belle âme qui soit au monde…

– Savez-vous mon nom ? lui demanda Émilie en l'interrompant avec vivacité.

– Non, mademoiselle. C'est un crime, je l'avoue, de ne pas avoir retenu un nom qui est sur toutes les lèvres, je devrais dire dans tous les cœurs ; mais j'ai une excuse valable : j'arrive d'Allemagne. Mon ambassadeur, qui est à Paris en congé, m'a envoyé ce soir ici pour servir de chaperon à son aimable femme, que vous pouvez voir là-bas dans un coin.

– Un vrai masque tragique, dit Émilie après avoir examiné l'ambassadrice.

– Voilà cependant sa figure de bal, reprit en riant le jeune homme. Il faudra bien que je la fasse danser ! Aussi ai-je voulu avoir une compensation.

Mademoiselle de Fontaine s'inclina.

– J'ai été bien surpris, dit le babillard secrétaire d'ambassade en continuant, de trouver mon frère ici. En arrivant de Vienne, j'ai appris que le pauvre garçon était malade et au lit. Je comptais bien le voir avant d'aller au bal ; mais la politique ne nous laisse pas toujours le loisir d'avoir des affections de famille. La padrona della casa ne m'a pas permis de monter chez mon pauvre Maximilien.

– Monsieur votre frère n'est pas comme vous dans la diplomatie ? dit Émilie.

– Non, dit le secrétaire en soupirant, le pauvre garçon s'est sacrifié pour moi ! Lui et ma sœur Clara ont renoncé à la fortune de mon père, afin qu'il pût réunir sur ma tête un majorat. Mon père rêve la pairie comme tous ceux qui votent pour le ministère. Il a la promesse d'être nommé, ajouta-t-il à voix basse. Après avoir réuni quelques capitaux, mon frère s'est alors associé à une maison de banque ; et je sais qu'il vient de faire avec le Brésil une spéculation qui peut le rendre millionnaire. Vous me voyez tout joyeux d'avoir contribué par mes relations diplomatiques au succès. J'attends même avec impatience une dépêche de la légation brésilienne qui sera de nature à lui dérider le front. Comment le trouvez-vous ?

– Mais la figure de monsieur votre frère ne me semble pas être celle d'un homme occupé d'argent.

Le jeune diplomate scruta par un seul regard la figure en apparence calme de sa danseuse.

– Comment ! dit-il en souriant, les demoiselles devinent donc aussi les pensées d'amour à travers les fronts muets ?

– Monsieur votre frère est amoureux ? demanda-t-elle en laissant échapper un geste de curiosité.

– Oui. Ma sœur Clara, pour laquelle il a des soins maternels, m'a écrit qu'il s'était amouraché, cet été, d'une fort jolie personne ; mais depuis je n'ai pas eu de nouvelles de ses amours. Croiriez-vous que le pauvre garçon se levait à cinq heures du matin, et allait expédier ses affaires afin de pouvoir se trouver à quatre heures à la campagne de la belle ? Aussi a-t-il abîmé un charmant cheval de race que je lui avais envoyé. Pardonnez-moi mon babil, mademoiselle : j'arrive d'Allemagne. Depuis un an je n'ai pas entendu parler correctement le français, je suis sevré de visages français et rassasié d'allemands, si bien que dans ma rage patriotique je parlerais, je crois, aux chimères d'un candélabre parisien. Puis, si je cause avec un abandon peu convenable chez un diplomate, la faute en est à vous, mademoiselle. N'est-ce pas vous qui m'avez montré mon frère ? Quand il est question de lui, je suis intarissable. Je voudrais pouvoir dire à la terre entière combien il est bon et généreux. Il ne s'agissait de rien moins que de cent mille livres de rente que rapporte la terre de Longueville.

Si mademoiselle de Fontaine obtint ces révélations importantes, elle les dut en partie à l'adresse avec laquelle elle sut interroger son confiant cavalier, du moment où elle apprit qu'il était le frère de son amant dédaigné.

– Est-ce que vous avez pu, sans quelque peine, voir monsieur votre frère vendant des mousselines et des calicots ? demanda Émilie après avoir accompli la troisième figure de la contredanse.

– D'où savez-vous cela ? lui demanda le diplomate. Dieu merci ! tout en débitant un flux de paroles, j'ai déjà l'art de ne dire que ce que je veux, ainsi que tous les apprentis-diplomates de ma connaissance.

– Vous me l'avez dit, je vous assure.

Monsieur de Longueville regarda mademoiselle de Fontaine avec un étonnement plein de perspicacité. Un soupçon entra dans son âme. Il interrogea successivement les yeux de son frère et de sa danseuse, il devina tout, pressa ses mains l'une contre l'autre, leva les yeux au plafond, se mit à rire et dit : – Je ne suis qu'un sot ! Vous êtes la plus belle personne du bal, mon frère vous regarde à la dérobée, il danse malgré la fièvre, et vous feignez de ne pas le voir. Faites son bonheur, dit-il en la reconduisant auprès de son vieil oncle, je n'en serai pas jaloux ; mais je tressaillerai toujours un peu en vous nommant ma sœur...

Cependant les deux amants devaient être aussi inexorables l'un que l'autre pour eux-mêmes. Vers les deux heures du matin, l'on servit un ambigu dans une immense galerie où, pour laisser les personnes d'une même coterie libres de se réunir, les tables avaient été disposées comme elles le sont chez les restaurateurs. Par un de ces hasards qui arrivent toujours aux amants, mademoiselle de Fontaine se trouva placée à une table voisine de celle autour de laquelle se mirent les personnes les plus distinguées. Maximilien faisait partie de ce groupe. Émilie, qui prêta une oreille attentive aux discours tenus par ses voisins, put entendre une de ces conversations qui s'établissent si facilement entre les jeunes femmes et les jeunes gens qui ont les grâces et la tournure de Maximilien Longueville. L'interlocutrice du jeune banquier était une duchesse napolitaine dont les yeux lançaient des éclairs, dont la peau blanche avait l'éclat du satin. L'intimité que le jeune Longueville affectait d'avoir avec elle blessa d'autant plus mademoiselle de Fontaine qu'elle venait de rendre à son amant vingt fois plus de tendresse qu'elle ne lui en portait jadis.

– Oui, monsieur, dans mon pays, le véritable amour sait faire toute espèce de sacrifices, disait la duchesse en minaudant.

– Vous êtes plus passionnées que ne le sont les Françaises, dit Maximilien dont le regard enflammé tomba sur Émilie. Elles sont tout vanité.

– Monsieur, reprit vivement la jeune fille, n'est-ce pas une mauvaise action que de calomnier sa patrie ? Le dévouement est de tous les pays.

– Croyez-vous, mademoiselle, reprit l'Italienne avec un sourire sardonique, qu'une Parisienne soit capable de suivre son amant partout ?

– Ah ! entendons nous, madame. On va dans un désert y habiter une tente, on ne va pas s'asseoir dans une boutique.

Elle acheva sa pensée en laissant échapper un geste de dédain. Ainsi l'influence exercée sur Émilie par sa funeste éducation tua deux fois son bonheur naissant, et lui fit manquer son existence. La froideur apparente de Maximilien et le sourire d'une femme lui arrachèrent un de ces sarcasmes dont les perfides jouissances la séduisaient toujours.

– Mademoiselle, lui dit à voix basse Longueville à la faveur du bruit que firent les femmes en se levant de table, personne ne formera pour votre bonheur des vœux plus ardents que ne le seront les miens : permettez-moi de vous donner cette assurance en prenant congé de vous. Dans quelques jours, je partirai pour l'Italie.

– Avec une duchesse, sans doute ?

– Non, mademoiselle, mais avec une maladie mortelle peut-être.

– N'est-ce pas une chimère ? demanda Émilie en lui lançant un regard inquiet.

– Non, dit-il, il est des blessures qui ne se cicatrisent jamais.

– Vous ne partirez pas, dit l'impérieuse jeune fille en souriant.

– Je partirai, reprit gravement Maximilien.

– Vous me trouverez mariée au retour, je vous en préviens, dit-elle avec coquetterie.

– Je le souhaite.

– L'impertinent ! s'écria-t-elle, se venge-t-il assez cruellement !

Quinze jours après, Maximilien Longueville partit avec sa sœur Clara pour les chaudes et poétiques contrées de la belle Italie, laissant mademoiselle de Fontaine en proie aux plus violents regrets. Le jeune secrétaire d'ambassade épousa la querelle de son frère, et sut tirer une vengeance éclatante des dédains d'Émilie en publiant les motifs de la rupture des deux amants. Il rendit avec usure à sa danseuse les sarcasmes qu'elle avait jadis lancés sur Maximilien, et fit souvent sourire plus d'une Excellence en peignant la belle ennemie des comptoirs, l'amazone qui prêchait une croisade contre les banquiers, la jeune fille dont l'amour s'était évaporé devant un demi-tiers de mousseline. Le comte de Fontaine fut obligé d'user de son crédit pour faire obtenir à Auguste Longueville une mission en Russie, afin de soustraire sa fille au ridicule que ce jeune et dangereux persécuteur versait sur elle à pleines mains. Bientôt le ministère, obligé de lever une conscription de pairs pour soutenir les opinions aristocratiques qui chancelaient dans la noble chambre à la voix d'un illustre écrivain, nomma monsieur Guiraudin de Longueville pair de France et vicomte. Monsieur de Fontaine obtint aussi la pairie, récompense due autant à sa fidélité pendant les mauvais jours qu'à son nom qui manquait à la chambre héréditaire.

Vers cette époque, Émilie devenue majeure fit sans doute de sérieuses réflexions sur la vie ; car elle changea sensiblement de ton et de manières : au lieu de s'exercer à dire des méchancetés à son oncle, elle lui prodigua les soins les plus affectueux, elle lui apportait sa béquille avec une persévérance de tendresse qui faisait rire les plaisants ; elle lui offrait le bras, allait dans sa voiture, et l'accompagnait dans toutes ses promenades ; elle lui persuada même qu'elle n'était point incommodée par l'odeur de la pipe, et lui lisait sa chère Quotidienne au milieu des bouffées de tabac que le malicieux marin lui envoyait à dessein ; elle apprit le piquet pour faire la partie du vieux comte ; enfin cette jeune personne si fantasque écoutait avec attention les récits que son oncle recommençait périodiquement du combat de la Belle-

Poule, des manœuvres de la Ville-de-Paris, de la première expédition de monsieur de Suffren, ou de la bataille d'Aboukir. Quoique le vieux marin eût souvent dit qu'il connaissait trop sa longitude et sa latitude pour se laisser capturer par une jeune corvette, un beau matin les salons de Paris apprirent que mademoiselle de Fontaine avait épousé le comte de Kergaroüet. La jeune comtesse donna des fêtes splendides pour s'étourdir ; mais elle trouva sans doute le néant au fond de ce tourbillon. Le luxe cachait imparfaitement le vide et le malheur de son âme souffrante. La plupart du temps, malgré les éclats d'une gaieté feinte, sa belle figure exprimait une sourde mélancolie. Émilie paraissait d'ailleurs pleine d'attentions et d'égards pour son vieux mari, qui souvent, en s'en allant dans son appartement le soir au bruit d'un joyeux orchestre, disait qu'il ne se reconnaissait plus, et qu'il ne croyait pas qu'à l'âge de soixante-douze ans il dût s'embarquer comme pilote sur la BELLE ÉMILIE, après avoir déjà fait vingt ans de galères conjugales.

La conduite de la comtesse était empreinte d'une telle sévérité, que la critique la plus clairvoyante n'avait rien à y reprendre. Les observateurs pensaient que le vice-amiral s'était réservé le droit de disposer de sa fortune pour enchaîner plus fortement sa femme. Cette supposition faisait injure à l'oncle et à la nièce. L'attitude des deux époux fut d'ailleurs si savamment calculée, qu'il devint presque impossible aux jeunes gens intéressés à deviner le secret de ce ménage, de savoir si le vieux comte traitait sa femme en époux ou en père. On lui entendait dire souvent qu'il avait recueilli sa nièce comme une naufragée, et que, jadis, il n'avait jamais abusé de l'hospitalité quand il lui arrivait de sauver un ennemi de la fureur des orages. Quoique la comtesse aspirât à régner sur Paris et qu'elle essayât de marcher de pair avec mesdames les duchesses de Maufrigneuse, de Chaulieu, les marquises d'Espard et d'Aiglemont, les comtesses Féraud, de Montcornet, de Restaud, madame de Camps et mademoiselle Des Touches, elle ne céda point à l'amour du jeune vicomte de Portenduère qui fit d'elle son idole.

Deux ans après son mariage, dans un des antiques salons du faubourg Saint-Germain où l'on admirait son caractère digne des anciens temps, Émilie entendit annoncer monsieur le vicomte de Longueville ; et dans le coin du salon où elle faisait le piquet de l'évêque de Persépolis, son émotion ne put être remarquée de personne : en tournant la tête, elle avait vu entrer son ancien prétendu dans tout l'éclat de la jeunesse. La mort de son père et celle de son frère tué par l'inclémence du climat de Pétersbourg, avaient posé sur la tête de Maximilien les plumes héréditaires du chapeau de la pairie ; sa fortune égalait ses connaissances et son mérite : la veille même, sa jeune et bouillante éloquence avait éclairé l'assemblée. En ce moment, il apparaissait à la triste comtesse, libre et paré de tous les dons qu'elle avait rêvés pour son idole. Toutes les mères qui avaient des filles à marier faisaient de coquettes avances à un jeune homme doué des vertus qu'on lui supposait en admirant sa grâce ; mais mieux que toute autre, Émilie savait qu'il possédait cette fermeté de caractère dans laquelle les femmes prudentes voient un gage de bonheur. Elle jeta les yeux sur l'amiral, qui selon son expression familière paraissait devoir tenir encore longtemps sur son bord, et maudit les erreurs de son enfance.

En ce moment, monsieur de Persépolis lui dit avec sa grâce épiscopale : – Ma belle dame, vous avez écarté le roi de cœur, j'ai gagné. Mais ne regrettez pas votre argent, je le réserve pour mes petits séminaires.